중국아동문학사

HISTORY OF CHINESE CHILDREN'S LITERATURE

지은이

권애영 權愛榮, Kwon Ae-young

한국외국어대학교 대학원 중어중문학과에서 중국문학을, 성균관대학교 유학대학원 부설 동양문화 고급과정에서 한문을 공부했다. 전통시대 한자 문화권 아이들의 기초 교과서였던『제자규(弟子規)』를 해설하여 펴냈고, 중국의 저명 작가 차오원쉬엔의 그림책『마오마오가 달린다』와 루쉰이 중역한『금시계』를 번역하였다. 저서로『중국 그림책의 출발 아동세계』가 있으며 지금은 대학교에서 강의를 하며 아동문학 작품 번역도 하고 있다. 앞으로 중국과 대만, 그리고 우리나라의 아동문학 교류 현황을 살피면서 중국과 대만의 좋은 책을 우리나라에 소개하려고 한다.

중국아동문학사

초판인쇄 2023년 11월 10일 **초판발행** 2023년 11월 25일

지은이 권애영

펴낸이 박성모 **펴낸곳** 소명출판 **출판등록** 제1998-000017호

주소 서울시 서초구 사임당로14길 15 서광빌딩 2층

전화 02-585-7840 **팩스** 02-585-7848

전자우편 somyungbooks@daum.net **홈페이지** www.somyong.co.kr

값 15,000원

ISBN 979-11-5905-847-9 03820

이 도서는 한국출판문화산업진흥원의 '2023년 우수출판콘텐츠 제작 지원'사업 선정작입니다.

중국아동문학사

HISTORY OF CHINESE CHILDREN'S LITERATURE

中國兒童文學史

권애영 지음

일러두기

1. 지명은 우리 한자 독음으로 표기했다.

2. 인명은 국립국어원의 외래어 표기법을 따랐다.

들어가며

중국 아동문학은 근대 시기19세기 후반에 그 싹이 트기 시작하여 5·4신문화운동을 계기로 본격적인 형성기를 맞이하면서 오늘날에 이르렀다. 이에 본 『중국 아동문학사』는 신문화운동 시기를 기점으로 하여 2000년까지를 여섯 개의 장으로 구분하고 각 시기별 아동문학의 특징과 대표 작가 및 작품을 소개하고자 한다.

이 책은 『아동문학 사조』 잡지에 3년간 연재한 내용이 바탕이 되었다. 2020년 1월 한국 아동문학인 협회 이사장이신 박상재 작가가 『아동문학 사조』를 창간하시면서 일본 아동문학사와 함께 중국아동문학사도 싣고 싶다고 말씀하셨다. 그동안 제대로 중국 아동문학사 공부를 하지 못했다는 아쉬움이 자리하고 있었기에 제안을 받아들여 1년에 2번 총 6회에 걸쳐 중국아동문학사를 정리하였다. 그렇지만 일본 아동문학사와의 균형과 지면의 제한으로 최대한 간략하게 서술할 수밖에 없었다.

그래서 단행본으로 출간할 때는 내용을 좀 더 보완하여 제대로 된 중국아동문학사로 만들어 보고 싶었다. 그러나 처음의 내 의지와는 달리 이런저런 일들에 떠밀려 부족한 상태로 어쭙잖은 책을 내놓게 되었다. 이것은 무엇보다 내 역량 부족과 시간을 잘 분배

하지 못하고 의욕만 앞세운 탓이다. 공부 모임을 만들어 중국아동문학사를 같이 읽고 토론할 수 있는 동료들이 있었더라면 하는 아쉬움도 있다. 그렇지만 아직까지는 중국 아동문학을 연구하는 이들이 드물기에 홀로 좌충우돌하면서 체계적이고 논쟁이 될만한 부분을 충분히 담아내지 못했다. 누군가는 "문학사가 비록 과거의 텍스트 분석을 전제로 하면서도 새로운 의미를 부여할 수 있도록 재구성"되어야 한다고 주장한다. 또 "문학에 종사하는 사람들은 반드시 문학에 대한 기본적인 인식이 있어야만 한다"고도 말한다. 나 역시 이런 관점에 충분히 동의하면서 기준에 충족하지 못하고 있음을 솔직히 인정할 수 밖에 없다.

이 책은 내 학위 논문과 연구 논문이 반영된 일부를 제외하고는 중국에서 발간된 『아동문학사』와 여러 논문을 정리한 것이다. 그 때문에 내 연구가 반영된 부분과 정리에만 몰두한 부분 사이의 불균형스러운 모습도 있다. 특히 문화대혁명 시기 자료는 충분하지 못해 서술에 더 큰 어려움이 있었다. 거기에다 2000년 이후의 아동문학사는 중국아동문학사를 집필한 중국의 학자들 사이에서도 아직 체계적인 정리가 되어있지 않은 상태여서, 외국인으로서 홀로 감당하기에는 너무도 방대한 영역이라 시도조차 하지 못했다. 그래서 독자들에게 큰 관심사일 2000년 이후의 다양한 중국 아동문학 현황은 아예 담지 못했다. 『해리포터』 열풍이라든지, 인터넷 청소년 문학과 최근 새롭게 부상하고 있는 그림책 등은 앞으로 좀 더 시간을 갖고 연구해야겠다는 다짐을 할 수밖에 없다.

그리고 무엇보다도 이 책에서 참고한 중국아동문학사는 중화인민공화국에서 발간되었기에 대륙 학자들의 이념과 시각으로 서술된 것이다. 그들의 이념에 바탕을 두고 충실하게 서술되었을 아동문학사는 필요에 따라 취사선택이 이루어져 실제의 모습과는 거리가 있을 수밖에 없다. 최소한의 균형감이라도 갖기 위해서는 대만에서 연구된 관련 자료도 같이 살펴보아야 했다. 그러나 이 역시 개인적인 사정으로 미뤄둘 수밖에 없었다. 앞으로 대만의 아동문학사도 함께 정리해서 좀 더 체계적이고 정돈된 중국아동문학사를 펴내는 기회가 있기를 소망해 본다.

2023년 11월 1일

곱돌재에서 동리 권애영

차례

그림 차례

표 차례

제1장

아동문학 형성기

1. 새로운 아동관 '아동중심'
2. 아동신문과 잡지의 출현
3. 해외 아동문학 작품번역
4. 『아동세계』와 『어린이』
5. 창작 아동문학의 탄생

1. 새로운 아동관 '아동중심'

서양에서는 18세기 후반에 들어서서 다른 장르와 구별되는 독립된 형태로 아동문학이 등장했다. 그런데 중국에서 독립된 문학으로 관심을 받은 시기는 바로 1919년 5·4신문화운동 무렵으로 '아동문학'이라는 명칭도 이때부터 사용되었다. 이를 서양과 비교해보면 중국에는 대략 1세기 정도 늦게 독립된 아동문학이 등장한 셈이다.

새로운 사조를 받아들여 변혁을 꿈꾸던 5·4신문화운동시기 계몽주의자들은 '민주'와 '과학'을 부르짖으며 봉건주의를 맹렬히 공격하였고, 개성의 해방과 인격독립을 외쳤다. 삶의 전반이 큰 폭으로 변환되었던 전환의 시기에 아동에 대한 근대적 표상이 출현하였으며, 아동을 사회적으로 가시화시키는 제반 제도들이 자리 잡아 나가면서 아동문학의 장르 개념과 양식적 기준이 형성되었다.

1915년 9월 15일 천두슈陳獨秀는 『청년잡지』를 창간하고, 1916년에는 『신청년新青年』으로 이름을 바꾸어 '국수주의와 구문학' 반대를 외쳤다. 천두슈는 '아동문학'이 '아동문제'의 하나로 다루어져야 한다고 하였으며 문학혁명을 주장하는 이들도 아동문제에 큰 관심을 가짐으로써 아동에 대한 논의는 5·4신문화운동시기의 중요한 화두가 되었다. 이처럼 신지식인들의 논의의 장이었던 『신청년』은 중국 아동문학에 직접적인 영향을 미쳤다. 『신청년』에서 발단이 된 신문화운동은 중국 아동문학을 각성하게 하고 새롭게 일어나게 하였다. 1918년 1월 『신청년』 지면에는 부녀와 아동의 문제에 관계된 글을 모집한다는 공고가 나왔기에 이때를 '아동문학'의 개념이 최초로 등장한 것으로 보고 있다. 마오둔茅盾은 '아동문학'이라는 명칭은 5·4신문화운동시기에 등장했으며, 이전에는 신괴神怪 혹은 신비神秘라는 단어를 사용했다고 하였다.

실제로 5·4신문화운동 이전의 중국에는 정확한 아동관이 형성되지 않았다. 전통적으로 아동은 나약한 보호 대상으로 집안의 대를 잇고 가문을 빛내는 도구로, 국가 미래의 병력과 노동력의 자원으로 인식되었다. 이는 가정 혹은 국가 본위의 아동관으로 아동을 수단으로 여기는 색채가 강하여 아동을 적극적이고 주체적인 인간으로 여기지 않았다.

5·4신문화운동은 사상 해방의 시대로 중국인의 전통적인 '아동관'이 변하는 데 좋은 기회가 되었다. 사람의 발견, 즉 개성 발전과 개인주의는 신문화운동의 주요 목표였고, 당시 문학비평과 창

작은 모두 이를 지향했다. 5·4시기에는 '노인 우선'·'조상 숭배' 등이 부정되고 '아동중심'·'아동존중'에 대한 인식이 사상계와 문화계, 교육계에 보편적인 중시를 받게 되었다.

이러한 배경 아래 선진 지식인들은 중국인의 전통적인 '아동관'을 바꾸는 데 노력했고, 아동문학의 선구자들은 이 목적을 위해 서방 교육사상인 '아동중심' 이론을 본보기로 삼았다. '아동중심' 이론은 미국 교육학자 존 듀이에게서 나온 것으로 '모든 교육은 아동이 시작이며 중심이고 목적'이라는 명제 속에서 교육자는 반드시 아동의 입장에 서야 하며, 아동을 자신의 출발점으로 삼아야 한다고 주장하였다.

아동문학 형성 시기에 중국의 아동문학 이론의 기초를 세운 작가는 루쉰, 저우쭤런, 자오징선 그리고 궈모뤄를 들 수 있다. 먼저 중국 신문학을 기초했던 루쉰魯迅은 현대 아동문학의 개척자이기도 하다. 루쉰은 1918년 『광인일기狂人日記』를 통하여 '아이들을 구하라!'고 호소하였고, 아동에게 해가 되는 작품을 날카롭게 비판하기도 하였다. 그리고 「우린 이제 어떤 아버지가 될 것인가」라는 글에서 봉건적인 가정 윤리제도를 공격하며 '어린이 중심幼兒爲本'의 아동관을 제시하였다. 루쉰의 이러한 가치관은 다윈의 생물진화론의 영향을 받은 것으로, '청년은 반드시 노인보다 낫다'고 주장하며 아동의 선진성을 인정하였다. 루쉰은 먼저 아동을 이해하고, 아동을 독립적인 개인으로 대하면서 그들에게 인간으로서의 평등한 권리를 부여해야 한다고 주장하였다. 루쉰은 중국인의 '국민성 개조'를 위해서는 아동에 대한 인식이 먼저 개혁되어야 한다고 부르짖었다.

루쉰은 전문적인 아동문학 이론 저서나 창작품을 남기지는 않았지만, 그가 발표한 많은 글에서 아동교육과 아동문학에 대한 생각을 분명하게 알 수 있다. 그는 5·4신문화운동을 전후하여 20여 편의 아동문제와 아동문학 관련 논문을 남겼는데, 아동문학의 성질·특징·작용·창작 방법 등의 기본 견해를 밝히고 동화와 우화·동요·아동극 등에 대한 연구를 하였다. 루쉰의 전기시기 문학의 주요 특징 가운데 하나는 아동에 대한 지속적인 관심으로, 아동과 밀접한 관련이 있는 작품들을 그 예로 들 수 있다. 산문집 『아침꽃을 저녁에 줍다朝花夕拾』와 『야초野草』속의 「연」·「눈」 그리고 『절규吶喊』에 실린 「공을기」·「토끼와 고양이」·「오리의 비극」·「고향」·「지신제 연극」 등이 이에 해당한다. 이 작품들은 전적으로 아동을 위해 창작한 작품은 아니지만 현대 아동문학의 발전에 주요한 영향을 끼쳤다.

이 밖에도 1919년 『자언자어自言自語』에 실린 루쉰의 작품들은 아동산문의 개척적인 성격을 지니고 있다. 이 가운데 「옛 성古城」·「게螃蟹」·「물결波兒」·「내 아버지我的父親」·「형제我的兄弟」 등의 글은 상상이 참신하고 언어와 심리면에서 아동정취가 물씬 풍긴다. 『아침꽃을 저녁에 줍다』에 실린 작품 가운데 「아장과 산해경阿長與『山海經』」·「백초원에서 삼미서옥까지從百草園到三味書屋」는 가장 전형적인 아동 산문으로 꼽을 수 있다.

저우쭤런周作人은 루쉰의 동생으로 중국 아동문학 연구의 선구자이며 중요한 이론가로서 아동문학 이론 연구 방면에 큰 영향을 끼쳤다. 저우쭤런은 최초로 아동문학으로써의 동요와 동화를 연구하였다. 저우쭤런은 1912년부터 1920년에 이르는 기간 동안 「동화연구」·「동화약론」·「아동연구 도언」·「덴마크 시인 안데르센전」·「아동문제의 기초적 이해」·「옛동화 해석」등 아동과 아동문학에 대한 글을 여러 편 발표하였다.

저우쭤런은 현대 중국동화 이론 부문을 확립하였고, 「아동의 문학」이라는 글을 통해 아동문학 활동을 독려하여 많은 작가들이 동화연구와 '예술동화'에 열정을 갖고, 민간에 떠돌던 동화를 발굴하여 아동문학 발전을 이끌도록 하였다. 그의 아동과 아동문학에 대한 사상은 서구의 신화학·문화인류학·아동학·인본주의 사상의 영향을 받았다. 이는 저우쭤런이 일본에 유학하던 시절1906~1911 당시 일본에 성행하던 아동학의 영향 때문이기도 하였다. 저우쭤런은 프로이드의 이론과 생물진화론을 결합하여 "아동은 생리적, 심리적으로는 비록 어른과 다른 점이 있지만, 완전한 개인이며 자신들만의 외·내면의 생활을 가지고 있다"고 하였는데 이

것이 바로 '아동중심' 사상이다. 저우쭤런이 말한 '아동중심'이란 어른 입장에서가 아니라 전적으로 아동이 좋아하는 것을 기준으로 삼아야 하며, 풍부한 상상력을 길러 주어야 하는데 이 역시 어른의 기준을 가지고 재단하면 안 된다고 하였다. 저우쭤런이 주장한 이 '아동중심'은 당시 지식인들의 주장이 되었으며, 이후 1930년대에 이르러서도 줄곧 영향을 미쳤다. '아동을 사람으로 대하기', '아동은 아동으로 보기'라는 그의 생각은 아동의 독립성과 주체성을 강조한 것이었으며, 그가 제시한 '아동의 문학'은 '아동적'이면서 '문학적'인 것을 의미했다. 그의 이 이론은 과학적인 견해와 관점으로 아동문학이 독립된 하나의 학문이 되는 기초를 만들었다.

현대 동화학의 기초를 세운 자오징선趙景深은 중국 현대아동 문학사상 동화연구에 중요한 역할을 한 작가이다. 그의 첫 문학 활동은 동화 번역에서 시작하여 이후 창작과 아동문학 연구로 발전했다. 저우쭤런의 영향으로 동화연구의 길로 들어선 자오징선은 동화에 관한 많은 이론을 인류 문화학의 연구이론과 방법을 운용하여 정리하였다. 그의 저작은 문학사, 시사 희곡, 외국문학, 민간문학, 아동문학 등 여러 방면에 걸쳐 다양하다. 자오징선은 저우쭤런의 영향 아래 동화연구의 길로 들어섰기에 그의 동화학 이론은 저우쭤런과 공통점이 많다. 자오징선은 저우쭤런을 계승한 현대 동화학의 선구자로 동화학의 주춧돌을 쌓는 역할을 하였다. 그는 문화인류학의 방법으로 동화를 연구하여 동화의 기원과 발전·분류·동화의 기능·비교 연구 등을 하여 동화학의 이론을 정립하였다.

자오징선은 1929년에 펴낸 『동화학 ABC童話學 ABC』에서 '동화란 민간 고사'라고 말하였고 『동화개요童話概要』에서는 동화를 광의와 협의의 두 종류로 분류하였다. 동화의 교육적 기능 문제에서도 저우쭤런과 견해를 같이 하였다. 즉 '동화는 아동들에게 제공'하는 것이기에 동화의 선택과 예술적 가공은 부도덕하지 않아야 하며, 아동의 심신 발전에 적합하여야 한다고 주장하였다. 그리고 자오징선은 여러 권의 안데르센 동화를 번역하여 소개하기도 하였다.

궈모뤄郭沫若는 아동문학은 어떤 형식을 취하든지 '아동본위의 글'로 작성되어야 하며 아동의 감각과 심리에 의거해야 한다고 주장하였다. 1923년에 위서우융魏壽鏞과 저우허후위周侯於의 『아동문학 개론』이 상무인서관에서 출판되었는데, 이것이 중국 최초의 아동문학 개론서이다. 이들은 인간이 독립적인 삶을 가지고 있는 것을 인정한다면, 동시에 아동도 독립적인 삶을 가지고 있음을 인정해야 한다고 주장하였다.

2. 아동신문과 잡지의 출현

청나라 말기에서 5·4신문화운동 직전에 이르는 시기에 중국 아동문학의 맹아는 아동 신문 및 잡지의 출현과 밀접히 연관되어 있다. 1868년 9월 미국 선교사가 상해上海에서 창간한 『중국교회 신보中國教會新報』와 북경北京에서 창간한 『중서견문록中西見聞錄』에 이어 아동 신문과 잡지가 대량 출현하였다. 1875년 『소해월보小孩月報』, 1897년 『몽학보蒙學報』, 1901년 『우화보寓言報』, 1903년 『동자세계童子世界』, 1907년 『소년보少年報』, 1908년 『몽학화보蒙學畵報』 및 『몽양학보蒙養學報』, 1908년 『소년총간少年叢刊』 및 『아동교육화兒童教育畵』, 1909년 『동화총간童話叢刊』, 1911년 『소년잡지少年雜誌』, 1914년 『중화동자계中華童子界』, 1914년 『아동화보兒童畵報』 등이 창간되었다.

중국 최초의 현대식 어린이 신문인 『소해월보』는 서양 선교사들이 창간한 월간 잡지였다. 1875년 미국 장로교 목사인 판햄T.M.W.Farnham이 1874년 복주福州에서 두 외국인 여성이 만든 신문을 넘겨받아 창간한 『소해월보』는 시가, 각 나라의 이야기, 명사 전기문, 박물, 과학 등의 내용과 이솝 우화 등을 실었다. 『소해월보』는 아동문학 작품을 중시하면서 글과 그림이 어우러진 형식을 채택했다. 이러한 특징은 중국 아동 간행물의 기본 형태가 되어 그 영향이 오늘날까지 이어지고 있다. 이 신문은 그동안 고전에만 익숙했

『몽학보』 『중화동자계』 『아동화보』

〈그림 1-1〉 신문화운동 전 간행된 주요 아동잡지

던 어린이들의 큰 관심을 불러 일으켰고 서양의 지식을 접촉하지 못했던 중국인들에게는 계몽의 효과가 있었다. 『소해월보』는 첫해 2,000여 부의 판매 실적을 기록할 정도로 커다란 인기를 끌었다.

『소해월보』 발간 이후 해외의 선교사들이 비슷한 종류의 『익지신록益智新錄』, 『어린이 화보孩提畫報』, 『훈몽화보訓蒙畫報』 등을 발간하였다. 이들 서양 선교사들이 발간한 신문들은 선교를 목적으로 만들어졌기에 비록 제한성은 있었지만 새로운 문화와 과학 지식 등의 전파에 크게 공헌하였다.

『몽학보』는 중국인이 발행한 최초의 어린이 신문이었다. 캉유웨이康有爲와 량치차오梁啟超 등의 유신파는 나라와 백성을 구할 길을 모색하면서 중국인의 사상을 바꾸기 위해서는 어린이 계몽이 시급하다고 생각했다. 이들은 새로운 학교를 세우고 서양 선교사들이 발행한 신문에 영감을 얻어 다양한 신문과 정기 간행물을 발간했다. 『몽학보』는 몽학공회에서 주관하여 양치차오가 기획을 담당하였으며, 신문왕이라고 불리던 왕캉녠汪康年 등 유신파의 유명 인사가 두루 참여하였다. 첫 호는 1897년 11월 24일에 발행되었는데 대나무로 만든 질이 좋은 연사지를 사용하였고 석판으로 인쇄하였다. 매 권 20페이지 정도의 분량으로 위, 아래로 면을 나누어 윗면에는 5~8세의 유아를 대상으로 한 내용을, 아랫면은 9~13세의 어린이를 대상으로 내용을 구성하였다. 창간된 지 2년이 되던 해에 무술변법으로 팔고문이 없어지자 13세 이상 어린이를 위한 난이 추가되었다. 그리고 주간에서 열흘에 한 번씩 발간하는 순간으로 발간 주기를 바꾸고, 상·중·하 세 부분으로 난을 구분하였다.

『몽학보』에는 글자 익히기와 작문을 비롯하여 산술, 수신, 역사와 지리, 자연과학, 외국의 동화, 우화 등을 실었다. 또한 민주사상과 문명과 진보적 사상도 전파했다. 『몽학보』는 후에 『몽학서보蒙學書報』로 이름을 바꾸어 발간되다가 결국 시국의 불안정과 자금부족으로 72호를 마지막으로 1899년에 정간했다.

1901년에는 중국 최초의 교육잡지인 『교육세계教育世界』가 창간되었다. 창간인은 뤄전위羅振玉, 편집장은 왕궈웨이王國維로 반월간으로 발행하였다. 이 잡지는 외국의 교육사상과 교육제도를 주로 소개하였으며 특히 아동교육을 중시하여 외국의 교육소설을 많이 실었다. 여기에는 루소의 『에밀』을 비롯하여 올리버 골드스미스의 작품과 페스탈로치, 톨스토이 등이 소개되었다. 이 잡지는 아동과 성인은 완전히 다른 독립적인 존재로 인식하고 아동존중을 널리 전파했다.

당시의 정치형세에 맞춰 혁명을 부르짖던 신문들 중에 가장 주목을 끈 잡지는 『동자세계』이다. 이 잡지는 상해 혁명조직이었던 차이위안페이蔡元培와 장타이옌章太炎이 활동했던 애국학사愛國學社에서 창간하였다. 1903년 4월 6일 상해에서 창간하여 초판은 기름을 먹인 종이에 석판으로 3페이지 분량의 일간지로 발행하였다. 『동자세계』는 창간호에서 미래를 서는 어린이들의 교육과 성장이 중요하다고 강조하였다. 잡지사는 시사, 역사, 지리, 과학, 소설, 시가, 번역물, 우스운 이야기, 오락 등으로 구성하여 어린이들의 흥미를 자극했다.

이렇게 출현한 아동 신문 및 잡지들 가운데 중국 아동문학의 형성에 중요한 역할을 담당한 것은 쑨위슈孫毓修가 주필을 맡아 발간한 『동화童話』 총서이다. 여기에는 신화와 우화를 비롯하여 「엄지공주」·「신데렐라」 등의 동화를 비롯한 소설도 실렸는데, 이를 통해 당시의 '동화'라는 용어가 '아동문학'을 총칭하는 의미로 사용되었음을 알 수 있다. 이 책은 총 3집 102권으로 구성된 중국 최초의 아동문학 도서라 할 수 있는데 여기에 수록된 작품들은 모두 번안이나 개작으로 창작은 없었다. 가장 먼저 '동화'라는 이름으로 나온 작품은 1908년에 발행된 「고양이가 없는 나라」로 영국의 이야기를 번역한 것이었다.

저우쭤런은 '동화'라는 용어가 일본으로부터 전해진 것으로 보았다. 실제로 일본어 '동화'의 음독 '도우와どうわ'와 중국어의 '통화' 발음은 거의 비슷하며 쑨이위슈는 총서에 '동화'라는 명칭을 사용했다. 중국은 아동문학의 맹아기에 직접적으로 일본 아동문학을 수용하였고, 일본의 중개를 통해 서구 아동문학도 받아들였다. 이 시기에는 일본의 오시카와 슌로押川春浪의 모험소설과 이와야 사자나미巖穀小波의 동화禦伽噺 및 서양의 많은 아동문학 작품이 일역본을 통해 중국에 소개되었다.

3. 해외 아동문학 작품번역

이 시기 아동문학은 일반문학과 마찬가지로 해외 작품번역이 주를 이루었다. 신문화운동 전후시기의 문학작품의 번역 소개는 중국 문학이 고전에서 근대적으로 변해가는 과정에 아주 중요한 역할을 담당하였다. 이는 작가들의 서술방식과 대상뿐 아니라 그들의 문학관과 가치관을 전달해 주는 매개체가 되었기에 중국문학 근대화 촉진에 큰 도움을 주었다. 이 당시 지식인들이 외국의 신사조와 문학작품을 번역하여 소개한 데는 궁극적으로 다음과 같은 목적이 있었다. 하나는 외국의 신문학을 소개하여 중국의 신문학운동에 기여하는 것과 다른 하나는 외국의 신사조를 소개함으로써 중국의 사회를 바꾸는데 도움이 되게 하는 것이었다.

그래서 이 당시에는 다양한 외국 아동문학 작품이 번역되었는데, 이 중 아동소설 『쿠오레』를 번역한 『사랑의 교육』이 큰 인기를 끌었다. 이밖에도 오스카 와일드, 그림형제, 에르센코, 타고르, 오가와 미메이小川未明 등 세계 여러 나라 아동문학 작품이 대거 소개되었다. 중국 근대 문학의 대가들은 5·4신문화운동시기를 전후하여 아동문학 작품번역을 통해 아동에 대한 인식을 전환하고자 하였다.

오랜 봉건제도 아래 그동안 홀시했던 아동과 부녀에 대한 문제를 여러 신문과 잡지에서 토론하면서 아동문학 또한 사회의 중시를 받게 되었다. 1917년부터 1927년의 10년의 기간은 신문화운동이 발전했던 시기로 외국의 우수한 문학작품을 번역하여 소개하였다. 신문화운동에 참여한 많은 지식인들은 앞다투어 국민계몽운동의 차원에서 아동문학 번역활동에 참여하였다.

5·4시기 중국의 지식인들은 구어체인 백화문 사용을 주장하

였는데 이들의 백화문 숭상은 단지 문학에 있어서 언어 표현 형식의 변혁에만 국한된 것이 아니었다. 언어는 민족의식을 표현하는 제재이므로 문학의 내재적인 사상과 불가분의 관계이며, 역사가 오래 지속된 언어는 그 민족의 사상과 문화적 품성과도 깊이 관계되어 있을 수밖에 없다. 중국의 봉건사상과 문화는 바로 문언문이 그 운반체였기에 백화문 운동을 통한 언어변혁은 사상변혁의 계기를 제공했다. 5·4신문학의 문학관은 바로 백화문을 고문 대신 문학의 정통적인 지위에 올려놓는 것이었다. 이러한 백화문에 대한 인식은 중국 아동문학에 있어서 아주 중요한 의미를 갖는다.

그리고 중국의 현대 아동문학의 탄생은 안데르센과도 밀접한 관련이 있다. 안데르센 동화번역은 신문화운동 시기 가장 중요한 아동문학 활동의 하나였고, 중국 최초 창작동화 탄생에도 큰 영향을 주었기 때문이다. 곧 그동안의 전통적 아동에 대한 관념을 바꾸고, 아동을 중심에 놓은 작품이 바로 안데르센의 동화라고 인식하였던 것이다. 안데르센 작품은 아동의 흥미에 부합하면서 지나치게 현실과 괴리되거나 허황되지 않은 환상성을 가지고 있으면서, 교훈을 전면적으로 부각시키지 않고 새로운 제3의 세계를 창조하면서 '아동중심'의 내용을 담고 있었다. 그러기에 풍요로운 상상과 함께 아동들의 일상적인 언어로 쓰인 안데르센의 작품을 '아동중심'의 특색으로 받아들였다.

안데르센을 중국에 가장 먼저 소개한 사람은 쑨위슈이다. 그는 1909년 초 『동방잡지東方雜誌』 제6권 제1호1909.2.15에 「구미 명가소설찰기를 읽고讀歐美名家小說劄記」에 안데르센을 소개하였다. 이후 『소설월보小說月報』 1913년 8월호와 10월호에 「신괴소설神怪小說」과 「신괴소설의 저자 및 그 걸작神怪小說之著者及其傑作」에 안데르센의 생애와 창작을 소개했다. 그리고 다시 『구미소설 총담歐美小說叢談』1916.12에 안데르센을 소개하였고, 『동화』 총서 1집에 안데르센의 「인어공주海公主」와 「장난감 병정小鉛兵」을 번역하여 실었다.

하지만 쑨위슈가 안데르센을 소개했을 당시에는 그다지 사람들의 관심을 끌지 못했다. 그런데 5·4운동 이후 사람들의 사상이 큰 변화를 겪으면서, 『신청년』에 저우쭤런이 번역한 「성냥팔이 소녀賣火柴的女兒」가 많은 사람들의 주목을 받게 되었다. 그리고 천종린陳宗麟과 천다덩陳大鐙이 번역한 안데르센의 동화집 「안데르센의 열의 아홉安得森的『十之九』」에 대한 비평이 주목을 받으면서 안데르센 작품은 이후 여러 사람에 의해 계속 번역되었다.

저우쭤런의 안데르센 동화번역은 중국 번역사에 있어서 큰 사건으로, 아동문학 번역에서 하나의 이정표가 되었다. 안데르센과 관련된 저우쭤런의 첫 번째 작품은 형 루쉰과 같이 번역하여 펴낸 『역외소설집域外小說集』 2집1909.7에 발표한 「벌거벗은 임금님皇帝的新衣」이다.

이어서 저우쭤런은 1913년 「동화약론」에서 안데르센이 가장

『역외소설집』 표지

域外小說集第二册
會稽周氏兄弟纂譯

『역외소설집』 저자표시

安樂王子

英國 淮爾特 著

城中有柱石崢立。安樂王子之象在焉。象身裹以金葉。碧玉爲目。劍柄上
飾瑱瑤。燦有光輝。見者歎賞。有市會議士曰。美哉。如占風之雞旗也。言時
顧欲以風雅自見。繼復懼人謂其虛華。則曰。獨惜其無用耳。其人蓋信更
事者也。
有小兒啼。欲得月。其母語之曰。若胡弗效安樂王子者。安樂王子未嘗啼
泣。有所求也。
騷人過此。則觀象而言曰。世間猶有安樂之人。吾心怡悅矣。
貧兒自孤寺出。絳衣素袍。羣言曰。彼貌如天使也。數學師曰。若安知者。若

九十三

『역외소설집』 속 「행복한 왕자」

〈그림 1-2〉 『역외소설집』 표지와 수록 작품

훌륭한 동화작가라고 평가하였으며, 같은 해 12월, 『약사총간叒社叢刊』 창간호의 「덴마크 시인 안데르센전丹麥詩人安兌爾然傳」에서도 안데르센의 생애와 해외의 평론, 작품 특징을 소개하였다. 1919년에 소개된 「성냥팔이 소녀」는 쉬운 구어체를 사용하여 완전하게 안데르센의 작품을 번역하였기에, 아동문학의 특색을 잘 드러낸 번역작품이었다. 저우쭤런은 5·4신문화운동 이전부터 안데르센에 주목하여 안데르센 동화를 번역하고 그와 관련된 여러 편의 문장을 줄곧 발표하였다. 저우쭤런이 안데르센이라는 작가와 그의 동화 작품을 선택한 까닭은 신문화 창조와 함께 전통적인 아동인식을 바꾸는 일환이었기 때문이다.

안데르센의 동화는 독창적인 문체와 특유의 입말체, 낭독 화법, 익살스러운 구어체, 세부 묘사 등이 특징이다. 저우쭤런은 안데르센의 동화가 형식이나 내용면에서 '아동성'을 지녔다고 보았는데, 이것이 곧 '아동중심'과 동의어가 되면서 당시 아동문제에 관심을 기울이던 시대 상황과 잘 맞았다. 또 안데르센 동화가 지닌 특색은 백화문 운동, 즉 구어체 사용을 적극 펼치던 시대 분위기와도 완벽하게 잘 맞았다. 이 때문에 안데르센 동화는 곧 아동중심의 대명사가 되었다. 이후 '안데르센당'으로 불릴 정도로 많은 지식인이 아동에 관한 인식을 바꾸는데 안데르센 동화와 안데르센에 대한 평가를 활용하였다. 이 때문에 안데르센 번역 열기가 당시 중국 문단을 휩쓸면서 안데르센 동화번역은 5·4시기 아동문학 영역에서 제일 중요한 문학 활동의 하나가 되었다. 그러나 이러한 안데르센 중시 분위기는 1927년 국민당의 좌익탄압에 대항하여 문학계 전반에 혁명문학론이 제기되고, 이후 좌익운동이 점점 성행하면서 변화를 겪게 되었다.

이밖에도 저우쭤런은 소련 표도르 솔로고프의 동화 「동자림의 기적」, 톨스토이의 동화 「빈 북」·「그리스 신화」 등도 번역하였다. 그리고 「이상한 나라의 앨리스」·「이솝우화」·「곤충기」등의 세계 명작을 소개하는 글도 썼다.

이외에도 당시 영향력이 있던 문학연구회에서는 일반 문학잡지 『소설월보』잡지에도 아동문학을 적극 소개하였다. 마오둔이 편집장으로 있던 시절부터 아동문학 작품을 싣기 시작하여 정전둬鄭振鐸가 편집을 담당하던 시절에는 아동문학 비중이 더 강화되어 1924년 5권 제1기부터는 '아동문학' 전문란을 신설하여 많은 작품을 소개하였다.

중국 문단의 대표 작가인 루쉰 역시 아동문학 번역에 깊이 관여하였다. 루쉰은 일본에서 추방될 상황에 놓인 소련의 무정부주의자 맹인 작가인 에르센코에 대해 관심을 가졌다. 1921년 6월부터 루쉰은 에르센코에 관한 글을 쓰기 시작하여 그의 일본어 동화집인 『달 뜨기 전의 노래月明前之歌』를 『연못가에서池邊』라는 제목으

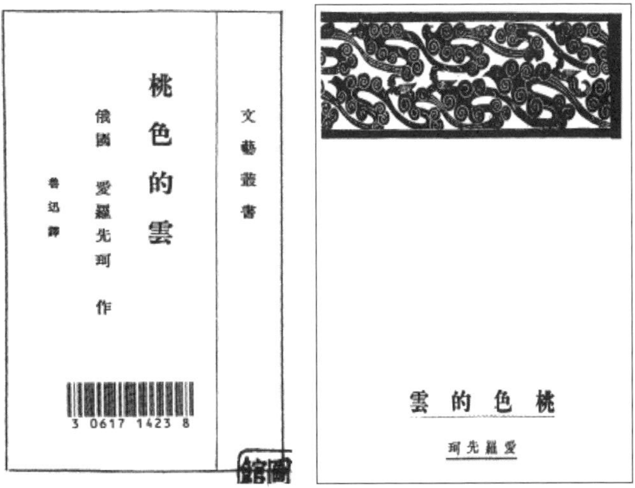

〈그림 1-3〉 루쉰의 번역작 에르센코 『분홍색 구름』(1926)

로 번역하였다. 그리고 1922년 2월 북경대학의 에스페란토어 교수로 오게 된 에르센코를 자신과 저우쭤런이 같이 살던 북경 집에 1년여간 머무르게 하였다. 이후 『에르센코 동화집』1922을 상무인서관에서 출판하였고 에르센코의 부탁으로 3막 동화극인 『분홍색 구름桃色的雲』도 번역하여 『신보晨報』 부속지에 발표하였다. 이 작품은 1923년 7월 북경 신조사에서 초판을, 1926년 북신서국北新書局에서 재판을, 1934년 상해 생활서점生活書店에서 재발간 되었다. 그리고 계속하여 에르센코의 동화 「작은 오리의 비극」, 「붉은 꽃」, 「사랑이라는 글자의 상처」 등을 당시 영향력 있는 문학잡지인 『소설월보』에 발표한 후 이를 묶어 『세계의 화재世界的火災』라는 제목으로 1924년 12월에 상무인서관에서 단행본으로 발간하였다.

마오둔 역시 현대 아동문학 개척자 중 한 사람으로 아동문학 번역과 창작에 힘을 쏟았다. 그는 1916년 북경대학 예과를 졸업하고 상해 상무인서관 편역소에서 일하기 시작하였는데, 당시 쑨위슈의 『동화』 잡지 편집을 돕다가 아동문학과 관련을 맺게 되었다. 마오둔은 쑨위슈를 도우면서 뛰어난 영어 실력으로 『의』·『식』·『주』라는 아동상식 도서를 번역하였는데, 이것이 그의 첫 번역 작품이었다. 마오둔은 영국과 미국에서 출판되던 잡지 및 아동백과전서를 접하면서 과학소설이 아동성장에 유익하다는 것을 알게 되었다. 이에 영국의 유명한 소설가 허버트 조지 웰스Herbert George Wells의 거조도巨鳥島』를 『삼백 년 후에 부화한 알』로 번역하여 『학생잡지學生雜誌』에 연재하였다. 또 그의 동생 선쩌민沈澤民과 함께 과학소설 『두 달 동안의 건축담』과 『이십 세기 후의 남극』도 번역하였다. 1918년 7월부터 1923년 1월에 이르는 기간 그가 편역한 동화는 28편으로 그의 본명인 선더훙沈德鴻이라는 이름으로 『동화』 총서를 출판하기도 하였다.

이밖에 문학연구회에서는 1925년 안데르센 탄생 120주년 및 서거 50주년을 기념하여 『소설월보』 8·9기와 『문학주보文學週報』에 안데르센 특집호를 발간하였다. 특히 『소설월보』는 표지를 안데르센 초상으로 장식하고 속지에는 안데르센 동화의 삽화와 안데르센이 만든 종이 공예 작품 등으로 꾸민 후 안데르센 동화를 실었다. 1925년 두 문학잡지에만 안데르센 동화 43종 68편이 실려, 당시 중국 사회의 안데르센 열기가 무척 뜨거웠음을 미루어 짐작할 수 있다. 안데르센 동화가 이처럼 많은 지식인들의 관심을 끌게 된 데는 당시의 시대분위기와 밀접한 관련이 있다. 5·4신문화운동시기 안데르센 동화는 인간의 발견임과 동시에 아동의 발견을 이끌었기에 많은 지식인들에게 관심의 대상이었다. 이 당시 선진 지식인들은 안데르센 동화의 언어와 아동사상을 통해 정신적 자유와 아동해방에 대한 필요를 추구하였다.

4. 『아동세계』와 『어린이』

이 시기에는 근대적인 아동 전문잡지인 『아동세계兒童世界』와 『어린이小朋友』도 창간되었다. 『아동세계』와 『어린이』는 아동을 주체로 삼아, 5·4신문화 사조의 물결 속에서 탄생하였다. 이들 아동잡지는 외국 아동문학 번역과 함께 실험적인 새로운 시도를 한 다양한 창작 작품을 선보여 중국 현대 아동문학사에서 중요한 가치가 있는 간행물이다.

『아동세계』는 5·4신문화운동기 시대조류의 영향을 깊이 받아 발간하였기에 '아동중심'의 이념과 아동을 '독립된 인격으로 존중'하는 가치를 적극 반영하여 쉬운 구어체로 만들어진 아동 전문 잡지이다. 『아동세계』는 중국 그림책의 발전 역사상 이정표적인 의미를 가지고 창간호부터 그림에 대한 관심과 열정을 보여주었다. 당시 그림의 중요성을 인식하여 많은 그림을 삽입한 『아동세계』는 글과 그림과의 관계가 이전에는 그림이 글을 보조하는 수단이었다면, 『아동세계』에 와서는 서로 보완적이면서 내용이 더 풍부해졌다.

상무인서관에서 아동도서 편집을 담당하던 정전둬는 새로운 아동 간행물을 창간할 것을 적극 주장하여 『아동세계』를 창간하였다. 1922년에 창간한 『아동세계』 이전에는 전적으로 아동문학 작품만을 취급하는 간행물은 존재하지 않았다. 창간 당시에는 순수 문학 아동잡지였으나, 제3권 이후부터는 아동작품이 중심이 되는 종합 간행물로 조금씩 성격이 바뀌어 갔다. 1권 1기부터 5권 1기까지는 제1대 편집장이었던 정전둬가 발간을 주도했고, 1923년 5권 2기부터는 쉬잉창徐應昶이 편집을 맡았다. 1932년 29권 6기1932년 12월 16일 발행 이후에는 1·28상해사변으로 휴간하였다가 같은 해 10월 16일 복간하였다. 1937년 다시 '8·13상해사건'으로 휴간하였다가 같은 해 10월 홍콩에서 복간하였으나 홍콩 함락 후 1941년 6월에는 마침내 정간하였다.

아동에 대한 인식이 크게 전환되면서 가장 먼저 발간된 『아동세계』는 서양과 일본 간행물의 깊은 영향을 받았다. 실제로 정전둬는 『아동세계』 발간 선언에서 독자 대상인 아동의 독서 흥미에 부

창간호 1권 1기

2권 1기

5권 4기

29권 4기

29권 5기

〈그림 1-4〉『아동세계』 표지

합하고, 외국 문학을 과감하게 받아들이되 중국 특색에 맞는 민족 특징을 구현하겠다고 다짐하면서 참고한 서적을 밝히고 있다. 발간에 참고한 책과 잡지 12종 가운데 일본 잡지 『아까이 토리赤い鳥』를 제외한 나머지 11종은 서양의 서적과 잡지였다

발간 취지를 담은 『아동세계』 선언은 1921년 12월 28일 『학등學燈』에 가장 먼저 발표되었다. 그리고 뒤이어 12월 30일에는 『신보』와 『부녀잡지婦女雜誌』에 잇따라 『아동세계』 선언이 실렸다. 『아동세계』 선언의 첫 부분은 중국의 전통교육을 비판하는 데서 시작되었다. 『아동세계』 선언은 중국의 전통 교육과 전통 도서를 비판하면서 현재 교육제도에 대한 반성과 더불어 새롭고 아동이 주체가 되는 간행물을 발간하겠다는 포부를 밝혔다. 『아동세계』는 아동이 주체가 되면서 아동의 흥미와 발달 단계에 부응하는 '아동위주'의 잡지를 목표로 하고, 창간 목적에 따라 아동의 흥미와 기호에 부응하고자 하였다.

초기 『아동세계』의 장르는 크게 10종류로 삽화·악보·시가 및 동요·고사·동화·희극·우화·소설·격언·골계화 및 통신 등을 수록하였다. 이 중 가장 많은 비중을 차지하는 장르는 동화로 주로 외국 작품을 번역하여 소개한 작품들이었다. 『아동세계』가 겨냥한 독자층은 현재 초등학교 수준 정도의 아동들이었으므로 이들의 기호와 발달 단계에 맞추어 편집이 이루어졌다. 그래서 아동

들이 이해하기 쉬운 문자와 문장을 사용했고, 그림을 많이 삽입하여 이해를 도왔으며, 가급적이면 정제된 언어를 사용하고 흥미를 끌기 위한 재미있는 장르가 포함되었다.

『아동세계』 구성은 보통 겉표지, 다음에는 동식물 혹은 아동생활에 관한 삽화를 두세 장 정도 수록하고, 그 다음엔 악보·고사·시·동화·통신 등의 순서로 이루어졌다. 잡지의 제일 첫 장인 표지 그림은 『아동세계』에 실린 작품과 관련된 내용이 대부분이었고, 아동들에게 익숙하면서 아동들이 좋아할 만한 내용이었다. 초창기 삽화는 동식물에 관한 그림이나 사진이 주를 이루었다.

신문화운동기의 시대적 사명을 가지고 당시의 사상을 고스란히 담아낸 『아동세계』의 가치는 다음 몇 가지로 요약할 수 있다.

첫째, 아동을 중심에 두었다. 『아동세계』는 아동 흥미와 기호를 반영한 그림과 극본·수수께끼·우스운 이야기·공작·시가·놀이·동요 등 아동생활과 밀접한 관계가 있는 장르를 수록하였다. 그리고 무엇보다도 『아동세계』는 그림을 중시하여 아동작품을 공모할 때도 그림이 포함되었고, 동식물 사진뿐 아니라 동화 등의 내용에도 그림이 차지하는 비중이 높았다. 또 움직이고 조작하기 좋아하는 아동의 특성도 최대한 존중하였다. 이뿐 아니라 '아동중심'의 기본 이념을 실행하기 위해 아동 독자와 서로 교류하였다. 『아동세계』의 작품 가운데 가장 많은 비중을 차지한 것은 '아동창작'란이었다. 『아동세계』에서는 매 호마다 아동 독자 작품을 모집하는 글을 실었다.

둘째, 외국 아동문학 작품을 많이 소개하였다. 당시 아동문학 운동을 주도하는 중심 역할을 한 『아동세계』는 '번안'을 위주로 한 외국의 동화나 고사를 많이 소개하여 창작보다 번역이 차지하는 비중이 더 높았다. 이는 당시 외국동화를 번역하여 소개하는 것이 크게 유행했던 시대 분위기와 함께 아동도서에는 국경이 없다는 신념과도 관계가 있었다.

셋째, 외국의 작품을 번역하여 소개하는 열풍 속에서도 동요와 시, 동화를 창작하는 데 힘을 쏟았다. 특히 중국 현대 아동문학에 있어서 기념비적인 창작 동화를 쓴 예성타오葉聖陶는 리얼리즘에 입각한 작품들로 창작 동화의 물꼬를 텄다. 예성타오의 창작 동화집 『허수아비』에 실린 작품들은 모두 『아동세계』에 발표된 것이다.

『아동세계』의 뒤를 이어 창간된 상무인서관의 라이벌이었던 중화서국의 『어린이』도 '아동중심'을 적극 실천한 아동 전문잡지이다. 『어린이』는 중국 잡지 발간사상 가장 오랜 기간에 걸쳐 발간되어 현재까지도 이어지고 있다. 이 잡지는 독자대상이 10세 전후의 초등학교 고학년 아동을 대상으로 하여, 『아동세계』의 독자대상과 큰 구별이 없었다. 『어린이』는 1937년 항일전쟁으로 정간했다가 다시 1945년에 복간한 후 중화인민공화국이 성립되면서 상해 아동출판사로 넘어가 지금도 꾸준히 발간되고 있다. 『어린 동무』는 최초로 가로쓰기를 시행하고 『아동세계』와 마찬가지로 백화문과 신식 문장 부호를 사용하였다. 『어린이』의 초기 편집장은 리진훼이黎錦暉였고, '아동의 성정 도야, 아동 지혜 증진'을 취지로 삼았다.

그런데 『아동세계』가 작품의 문학성에 치중한 편이라면, 『어린 동무』는 작품의 중국화와 통속화, 취미를 더 중시하여 민간문학을 발굴하는 데 힘썼다. 리진훼이는 형의 영향으로 국어운동에 참가하면서 교육부의 '국어통일준비위원회의 초대위원을 맡았다. 이후 중화서국의 국어문학부 부장을 맡아 주음부호와 백화문 사용을 적극 홍보하는 데 앞장섰다. 이 때문에 『어린이』의 문장은 좀 더 쉽고 통속적이며 아동들의 호기심을 충족하는 데 치중하였다.

『어린이』는 계간지로 한 계절에 펴낸 13호가 한 권을 이루었으며 각 계절별 특집호와 '국산품 사용', '항일구국', '항일전쟁 기록' 등의 특집호를 발간하기도 했다. 독자 대상은 10세 전후의 초등학생과 중학생이었고, 1937년에 잠시 정간했다가 1945년에 중경重慶에서 복간하면서 천보훼이陳伯吹가 편집장을 맡기도 했다. 『어린이』는 『아동세계』의 영향을 받은 것으로 보이지만, 『아동세계』와는 다른 전략을 취하였다. 『아동세계』가 창간취지를 성인 신문에 발표하여 어른들의 선택을 거쳐 아동의 손에 책을 쥐어주도록 했다면,

『어린이』는 경품을 통해 아동들이 서로 추천하는 홍보방식을 채택하였다.

『어린이』는 동화, 소설, 시, 극본, 우화, 유머, 기행문 등과 이야기 그림, 강연대, 간이 과학, 작은 농장, 소공예, 산수, 놀이, 마술, 수수께끼, 매주 뉴스, 세계 소식, 아동 자유 그림, 아동문단, 현상모집 등의 난으로 구성되었다. 『어린이』가 『아동세계』에 비해 큰 성과가 있었던 장르는 무엇보다도 아동 무용극이다. 초대 편집장을 맡은 리진훼이는 다방면에 재주가 많아 동화, 소설, 산문, 시 등을 발표했고 이 가운데 가장 큰 영향력을 행사한 장르가 아동 무용극이었다. 그는 '새로운 음악운동'을 일으키고자 했고 민속음악을 통해 이를 실현하고자 하였다. 즉 『어린이』는 민간문학을 중시하여 민간유머와 노래 등을 실었으며 동요도 많이 소개하였다. 이는 리진훼이 자신이 유명한 음악가였던 점과 관련이 있다. 그는 아동 무용극의 창시자이면서 유행가를 만든 시조이기도 하다. 가무극 외에도 중국의 민담을 개작한 리진훼이의 「십형제十兄弟」와 왕런루王人路의 「비밀 동굴秘密洞」이라는 장편동화는 민족적 색채가 강한 작품으로 꼽힌다. 무엇보다 『어린이』는 민족적 특성을 가미한 대중화와 통속적 재미에 좀 더 치중하여 회화에 있어서도 민족 전통의 회화예술을 보존하고자 하였다.

5. 창작 아동문학의 탄생

중국의 첫 창작동화는 1922년 『아동세계』에 발표한 예성타오의 「씨앗 한 톨」이다. 아동 전문잡지 『아동세계』에 예성타오는 1922년부터 꾸준히 발표한 동화 21편을 묶어 1923년 11월 상무인서관에서 동화집 『허수아비稻草人』를 펴냈다. 여기에는 총 21편의 동화가 실렸는데 이 동화집은 중국 현대 아동문학을 세운 기틀이며 중국 현대 아동문학사에서 하나의 이정표가 된 작품이다. 루쉰은 예성타오의 『허수아비』 동화집에 대해 "중국 동화에 자기 창작의 길을 열었다"고 극찬하였다.

『허수아비』 작품집에 실린 예성타오의 대표작인 「허수아비」는 5·4시기의 '사람의 발견'으로 관심을 갖게 된 여성과 아동의 문제가 작품에 투영되었다. 작가는 동화형식을 빌려 아동을 현실 사회와 현실의 삶에 직면하도록 하면서도, 아동의 심리를 충분히 반영하여 직접적으로 현실의 고통을 묘사하지 않고 먼저 문학적인 감성이 넘치는 전원세계를 그려내었다.

「허수아비」는 시대적으로 한 획을 긋는 의미 있는 작품으로 의인화의 수법을 사용하여 허수아비의 풍부한 내면 심리세계를 드러내고, 구슬프고 은은한 들판의 낙원을 노래하고 있다. 「허수아비」의 전반부는 아름다운 산문시이나, 후반부에는 잔혹한 인생현

〈그림 1-5〉『허수아비』 개명서점본 겉표지와 속표지

실을 반영하여, 여성과 아동문제를 작품에 반영하였다. 그는 아동문학은 어린이가 중심에 있어야 하고 어린이에게 긍정적이고 아름다운 내용을 제공해 주어야 한다고 여겼다. 바로 아동에게 적합한 읽을거리를 만들어 주려는 그의 생각에서 「허수아비」라는 창작동화가 탄생하였다. 이 같은 창작 동화의 등장은 외국동화로서는 채워질 수 없는 현실적인 결핍으로 인한 것이며, 당시의 지식인들이 아동문제를 인식하고 있었는가를 살필 수 있는 근거가 된다. 그동안 번역과 편역이 주를 이루었던 1920년대에 본격적인 창작동화를 선보인 예성타오는 리얼리즘에 바탕을 두고 작품을 썼다.

산문으로는 편지 형식의 29편으로 이루어진 빙신冰心의 『어린 친구들에게寄小讀者』가 가장 먼저 등장했다. 빙신은 현대 중국 아동문학에서 중요한 위치를 차지하는 여류작가이다. 빙신의 『어린 친구들에게』는 1923년 7월 29일부터 북경의 『신보부간』에 발표한 편지글로 1926년에 북신서국에서 엮어 한 권의 책으로 펴냈다. 여기에 실린 산문들은 부드럽고 아름다운 문체로 1941년까지 총 36판을 찍어 5·4 이후 가장 인기있는 아동도서였다. 이 때문에 빙신은 중국아동문학사에서 비중 있는 작가의 위치를 차지하였고, 중국의 영향력있는 4대 아동문학상 가운데는 빙신의 이름을 딴 것도 있다. 『어린 친구들에게』는 빙신이 집을 떠나 미국 유학을 가는 여정과 미국에서 공부하면서 보고 들은 바를 쓴 수필 형식의 글로, 세밀하게 이국의 풍광과 유익한 지식을 묘사하고 있다. 중국 아동문학의 산문 창작의 신천지를 연 『어린 친구들에게』의 주제는 동심 예찬, 모성애 찬양, 자연 예찬, 조국에 대한 그리움으로 요약할 수 있다.

새로운 신시 창작에는 시인이며 문학평론가, 그리고 고전문학 연구자로 기존의 『홍루몽』에 관한 연구를 발전시킨 '신 홍학'의 개척자인 위핑보俞平伯를 들 수 있다. 위핑보는 1918년 5월 『신청년』에 중국 최초 현대 신시 작품 중 하나인 「봄비」를 발표하였다. 그는 11월에는 신조사에 가입하여 『신조新潮』 잡지의 주요 투고자 중 한 사람으로 많은 시와 소설을 발표하였으며, 후스의 중국 전통 '고서 정리'의 영향을 받아 구제강顧頡剛과 편지로 『홍루몽』 토론을 하였다. 그리고 1922년 주즈칭朱自清 등과 5·4 이후 가장 먼저 『시』 잡지를 발간하였다. 주요 시집으로는 『겨울밤冬夜』·『서환西還』·『추억憶』이 있고, 평론으로는 『홍루몽변』·『사를 읽고 뜻밖의 영감을 얻다讀詞偶得』·『시를 읽고 요점을 적다讀詩劄記』 등이 있다. 『아동세계』 3권 9기에는 위핑보의 「동요兒歌」라는 작품이 실려 있다. 중국 최초로 아동생활을 묘사한 위핑보의 첫 번째 중국 아동신시집인 『추억憶』은 1925년 12월 북경 박사樸社출판에서 발간하였는데, 이 시집은 중국 현대 아동문학사에서 하나의 이정표로 평가받는다.

이 시집은 유년시절을 회상하는 36편의 시로 구성되었는데, 펑즈카이豐子凱가 그림을 그리고 주즈칭이 발문을 썼다. 글은 작가 자신이 붓으로 직접 써서 신문학사에서 귀중한 예술품의 하나이기도 하다. 이 시들은 아동을 위해서 쓴 것은 아니지만, 격률· 압운 등이 전통적인 형식에 얽매이지 않고, 아동의 심리와 생활을 잘 묘사하고 있다. 곧 죽마를 타거나, 숨바꼭질, 옛날 이야기 들려주기 등의 일상적인 아동의 생활이 담겨 있는 데다가 소박하고 자연스러운 음악적 요소가 가미되어 아동문학사에서 중요한 의미를 가지고 있다.

제2장

좌익 문예운동1927~1937시기

1. 아동문학 이론의 발전

프롤레타리아 아동문학의 대두와 좌익작가 연맹 시기는 1927년부터 1937년까지를 지칭하며 10년 내전시기라고도 부른다. 이 시기는 혁명문학이 본격화하였던 1927년부터 항전문학이 대두한 1937년까지이다.

국민당 정부는 1920년대 말 도시에 근거지를 두었던 공산당 조직과 다양한 반국민당 정치조직을 제거한 뒤 문학계와 지식계에 대해서도 규제와 탄압을 하였다. 그리고 이 시기 초기에 일본이 동북을 침략하였음에도 장제스蔣介石는 전쟁에 충분한 대비가 되어있지 않다고 하면서 일본의 침략에 강경하게 대처하지 않는다는 비난을 받았다. 이에 비해 공산당은 항일통일 전선을 건립해야 한다고 외쳤기에 대중들에게 커다란 호응을 얻어냈다. 이 때문에 장제스는 국민들의 압박에 공산당의 항일노선을 채택할 수밖에 없었고, 이는 결과적으로 공산당에게 재기할 수 있는 기회를 주었다. 공산당의 통일전선 정책은 당시 중국의 지식인에게 대단한 흡

인력을 가지고 있었고, 공산당은 비록 군사적, 정치적으로는 실패했으나 문화 쪽에서는 우월한 위치를 갖게 되었다. 국민당 정부의 강경한 조치로 인해 국민당에 대해 비판적이었던 진보적인 문인과 양심적인 문인들은 국민당의 탄압을 피해 상대적으로 활동이 자유로운 상해로 몰려들었다. 이 시기에는 문학과 정치의 관계가 문학계의 가장 핵심적인 쟁점이었으며 좌우의 격렬한 이념적 대립이 문단에 전면적으로 나타났다. 민족과 계급의 모순이 첨예했던 때이기에 실제 혁명 활동에 참여했던 지식인들은 마르크스주의 사상의 영향을 받아 문예를 국민당과 투쟁하는 무기로 삼았다.

1930년 3월, 문인들의 상호 이해와 내부적 단합의 필요성, 공산당의 지원 등에 힘입어 중국좌익작가연맹이하 좌련이 결성되었다. 좌련은 문예대중화를 부르짖었기에 혁명문학의 한 축으로 아동문학도 중시를 받게 되었다. 이들은 좌련을 설립하고 난 얼마 후에 바로 아동문학 좌담회를 개최하여 아동문학의 임무를 토론하며 아동문학 발전을 모색하였다. 좌익작가들은 아동을 자신들의 '새로운 시대의 형제'로 여겼기에 새로운 사상과 새로운 정신, 새로운 문학을 공급하여 '전사'로서의 중책을 담당하게 하고자 하였다. 이 시기의 아동문학의 특징은 크게 아동문학 이론의 발전, 문학 창작에 있어서 리얼리즘 성향, 번역의 다원화와 과학문예 흥성으로 요약할 수 있다.

먼저 외국의 아동문학 이론이 소개되면서 아동문학 이론이 크게 발전하였다. 이러한 외국 아동문학이론의 소개는 중국 아동문학이론 연구를 촉진하여 30년대 아동문학 이론 연구는 상당한 규모를 갖게 되었다. 신문 지상에도 자주 전문적인 이론이 발표되면서 20여 종에 이르는 아동문학 연구서가 출판되기에 이르렀다.

이 가운데 장성위張聖瑜가 편역한 일본의 아동문학 기본 이론 연구서인 『아동문학연구兒童文學研究』1928와 황위안黃源이 번역한 아시야 로손蘆穀重常의 『세계동화연구世界童話研究』1930가 대표적인 이론서로 꼽힌다. 이 밖에도 자오징선의 『동화개요』1927와 『동화학 ABC』1929, 마오둔의 『중국신화연구 ABC中國神話研究ABC』1929과 『신화잡론神話雜論』1929, 쉬이링徐錫齡의 『아동독서흥미 연구兒童閱讀興趣的研究』1931, 저우줘런의 『아동문학 소론兒童文學小論』1932의 연구서가 출판되었다. 천보췌이의 『아동고사 연구兒童故事研究』1932, 자오뤼칭趙侶靑 · 쉬즁첸徐迴千의 『아동문학연구兒童文學研究』1933, 왕런루의 『아동도서의 연구兒童讀物的研究』1933, 뤼보유呂伯攸의 『아동문학 개론兒童文學概論』1934, 거청쉰葛承訓의 『신아동문학新兒童文學』1934, 황이黃翼의 『신선 이야기와 아동심리神仙故事與兒童心理』1936도 이 시기에 출간된 아동문학에 관한 이론서이다.

이 시기에는 동화에 관한 '동물들이 말을 하다鳥言獸語'에 관한 논쟁을 벌어지기도 했다. 1931년 국민당의 고위간부인 호남성 정

저우쭤런, 『아동문학 소론』

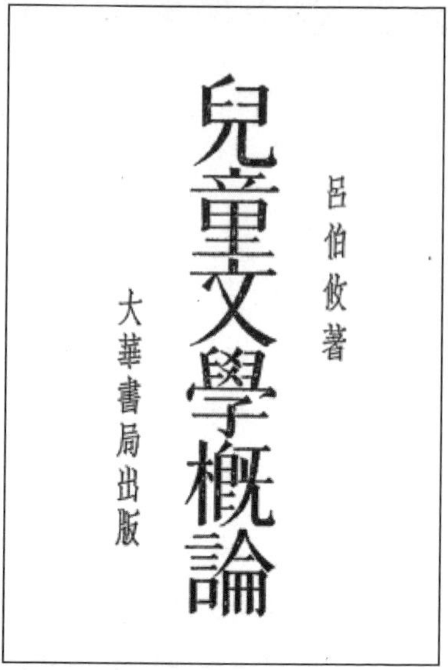

뤼보유, 『아동문학 개론』

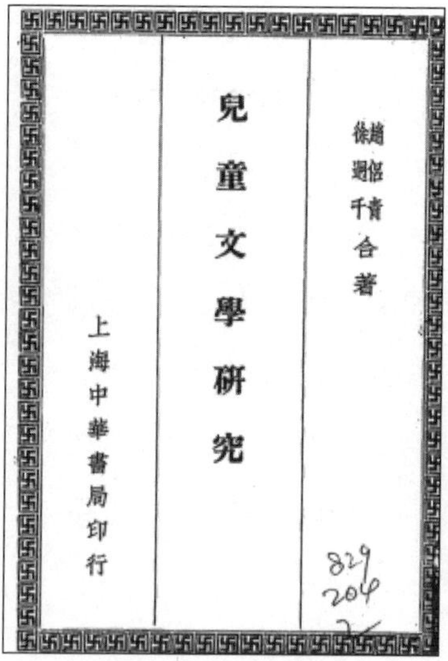

자오뤼 · 쉬즁첸, 『아동문학연구』

거청쉰, 『신아동문학』

〈그림 2-1〉 1930년대 발간된 아동문학 이론서

부 주석 허젠何建이 교육부를 향해 교과서에 '새와 동물들이 말하는' 동화는 수록하지 말아야 한다고 촉구하면서 동화이론에 관한 논쟁으로 번지게 되었다. 허젠은 교과서에 동물 이야기가 수록된 것을 비판하며, 새와 동물들을 의인화하여 쓴 이야기가 '괴이하기가 이를 데 없다'고 평가하였다. 뒤를 이어 상중이尙仲衣 역시 허젠의 이론을 발전시켜 환상성을 가진 아동문학을 비판하였다. 그러자 교육계와 문학계에서 아동을 이해하고 동화의 예술적 특성을 수호하는 입장을 가진 루쉰・우옌인吳研因・예성타오・천허친陳鶴琴・장톈이張天翼・빙신・장쾅張匡 등이 크게 반발하였다. 중국아동문학사에서 유명한 이 논쟁은 5・4신문화운동 이후 전 사회적으로 벌어진 동화와 아동작품에 대한 총체적인 논의였다. 이 논쟁을 계기로 '동화'의 가치가 분명해지면서 결과적으로는 동화의 위치가 더 확고해지게 되었다. 이처럼 위상이 확고해진 동화는 리얼리즘적 정신을 적극 수용하였고, 이를 통하여 새로이 형성된 동화를 '신흥동화'라 한다. '환상성'과 '사회성'을 결합한 신흥동화는 이후 1940년대도 꾸준히 그 맥을 이어 나가게 된다.

2. 좌익작가 연합의 문예 운동

1930년대 국민당 정부의 탄압에도 불구하고 좌련은 상당한 세력을 형성하였으며, 공산당원이나 사회주의자들 외에도 비판적인 성향의 지식인과 문인들이 가세하였다. 좌익 문인들은 문학활동이 사회주의 혁명의 성성공에 구체적인 기여를 해야 한다는 생각을 문학에서 구현하고자 하였다. 좌련은 줄곧 아동문학에 관심을 갖고 기관지인 『대중문예大衆文藝』와 『소년대중少年大衆』 지면에서 어떻게 아동문학을 건설할 수 있을지를 두고 내용과 편집방침에 대한 토론을 벌였다. 좌련 작가들은 아동문학의 가치와 기능, 제재와 내용, 창작 방법, 대중화 등의 문제에 많은 의견을 제시하였다. 이들은 아동문학이 계급의식을 전달하고 투쟁과 조직의 필요성을 깨닫고 이해하는데 기여하여야 한다고 생각하였다. 이에 좌익작가들은 민족이 고난을 당하는 상황에서 고난과 어려움을 겪는 아동의 생활과 민족을 구하려는 열망이 나타난 작품을 창작하였다. 좌익문학이론의 기초는 소련이 내세운 마르크스주의 이론과 마르크스주의 문학비평이 핵심으로 소련 사회주의 승리를 숭배하면서, 중국혁명의 승리를 위해 역량을 강화하고 사상을 통일하는 것이었다.

많은 좌익아동문학 작가들은 적극적으로 소련 아동교육 이론과 혁명사상을 공부한 후 아동간행물을 창간하고 작품을 창작하였다. 이로써 이전의 '아동을 위주'로 하는 문학관에서 아동문학을 정치투쟁의 도구로 사용하는 단계로 접어들게 되었다. 좌익작가들은 좌익아동문학 건설을 위해 전투성과 경향성이 강한 작품과 논설을 잡지에 발표하였다. 이 시기는 전반적으로 좌익문예 운동이 활발하게 벌어졌기에 좌련의 지도자들 역시 아동에 대해 지대한 관심을 가졌다. 이 가운데 좌련의 열렬한 회원이면서 문학계의 거두였던 루쉰은 아동문학의 이론, 아동형상의 창조와 작품번역 등을 통해 중국 현대 아동문학발전에 크게 관심을 가졌다. 일본에 유학한 바 있는 루쉰은 일본의 프롤레타리아 문학가들과 밀접하게 교류하면서 그들의 활동에 많은 관심을 기울였다.

루쉰은 1930년대 10여 종의 잡지 편집에 관여하면서 신문학 확대 사업의 하나로 아동문학을 지원하였다. 『조화朝花』 순간 및 좌련의 기관지였던 『맹아萌芽』, 『전초·문학도보前哨·文學導報』 등에 아동문학 작품과 이론, 번역 작품 등을 실었다. 특히 『문학』 7권 1호를 「아동문학특집」으로 구성하여 마오둔, 라오서老舍, 예성타오, 왕퉁자오王統照 등 유명 작가의 아동문학 작품과 마오둔, 정전둬의 아동문학 이론을 싣기도 했다. 또 『역문譯文』에도 루쉰 자신이 번역한 「소련동화」를 발표하는 등 외국 아동문학 작품과 이론을 실었다.

마오둔 역시 좌련의 대표적인 인물이면서 당시 중국 문단에서 이름난 장편 소설가였다. 그는 아동문학 창작과 번역활동을 실천하면서 아동문학 창작과 번역이론에 큰 공헌을 세웠다. 마오둔은 1920년대와 1930년대에 발표한 10여 편의 평론으로 자신의 아동문학 사상을 드러냈다. 그는 현대 아동문학사를 역사적 각도에서 조망하여 훗날 중국 아동문학 역사 발전과정을 인식하도록 하였다. 마오둔은 좋은 아동문학이란 반드시 사상성과 예술성이 통일되어야 한다고 주장하였다. 그의 아동문학 이론 체계는 중국 특색의 새로운 아동문학적 사고를 건설하는 것으로 특히 소련의 아동문학 이론을 많이 참고하였다. 마오둔은 아동문학 평론 부문에서 가장 활발하게 활동하였으며, 루쉰은 그를 일컬어 '전투하는 비평가'라고 평가하였다.

〈그림 2-2〉『개척자』(1930) 표지

좌익작가들은 좌익아동문학 건설을 위해 전투성과 경향성이 강한 작품과 논설문을 잡지에 발표하였다. 좌익 문예집단의 잡지로는 『소년대중』 외에도 『창조創造』·『태양太陽』·『맹아』·『개척자拓荒者』·『북두北斗』·『문학文學』·『소설가小說家』·『문학총보文學總報』·『문화월보文化月報』·『문학계文學界』·『광명光明』·『중류中流』·『역문』 등이 있었다.

좌익문예운동이 왕성해지면서 아동문학 창작의 주류는 리얼리즘이 되었다. 이 때문에 '동화'와 '아동소설'의 장르 구분이 명확해져서, 물활론적 사고가 바탕이 된 산문 장르는 '동화'로, 현실을 바탕으로 한 산문 장르는 '아동소설'로 분류되었다. 좌익작가들은 강한 전투정신을 가지고 주제를 더 심화하기 위해 소년소설의 문체를 선택한 경우가 많았다. 작가들은 현실과 삶에 과감하게 직면하여 청소년들에게 이 사회의 어두운 현실을 드러내 보임으로써 인민들이 빈곤한 근본 원인을 분명하게 드러내고자 하였다. 이 당시 중국 아동문학은 아동의 현실 생활을 반영한 내용을 담아 가혹한 환경에 처한 아동과 극도로 빈곤한 노동자와 농민의 자녀들이 운명에 맞서 힘겨운 투쟁을 전개하는 것을 보여주고자 하였다.

이에 전통 아동문학에 대항하여 새롭게 현실 생활에 참여하는 아동형상이 작품에 많이 반영되었다. 즉 집안의 착한 아이, 학교에서 말 잘 듣는 아이가 아닌 무산계급의 노동자 자녀, 가정이 붕괴되어 떠도는 아이, 생활의 곤경으로 굶주림에 시달리는 아이들이 등장하였다. 좌익아동문학의 제재는 광범위하여 사회의 어두운 측면을 알리는 것 외에도 제국주의를 비판하는 애국 방면의 작품도 있었다. 일본제국주의의 불길이 날로 가까워짐에 따라 국민들의 반항의 목소리도 높아졌기에 좌익작가들은 자연히 이 부분을 조명했다. 또 일부 작가는 해방구를 참관하고 해방구의 투쟁생활과 소년영웅의 업적에 감동하여 위대한 혁명 영웅주의를 찬양하였다. 이들은 소년영웅이 두려움 없이 혁명에 몸을 바치는 정신을 고양함으로써 아동들에게 혁명투쟁에 참가할 용기를 불어 넣었다.

3. 리얼리즘 경향의 창작

이 시기의 신흥동화로는 좌련을 대표하는 장톈이張天翼의 『다린과 샤오린大林和小林』1932·『투투대왕禿禿大王』1933·『황금오리 나라金鴨帝國』1933·『이상한 지방奇怪的地方』1936이 모두 리얼리즘의 걸작으로 꼽힌다. 장톈이는 좌련시기 아동문학의 발전에 가장 주목을 받은 작가로 좌익문예의 관념화와 성인문학적 요소를 극복하여 좌익아동문학 예술의 신천지를 개척한 작가이다. 그는 중국 아동문학의 발전기를 대표하는 작가로서 비판과 풍자를 구사하여 영웅을 부각시키지 않고 현실 생활 속 실재에 접근하여 인물의 성격을 다양하게 잘 표현하였다. 또한 공식화·개념화로 작품을 창작하지 않고, 사회의 모순을 폭로할 때도 계급충돌을 정면으로 묘사하지도 않았다. 그는 현실성과 환상성을 잘 결합하여 문학적 성취를 인정받는 동화작가로 높은 평가를 받고 있다.

중국의 대표적인 아동문학 연구가인 왕취안건王泉根은 장톈이의 동화가 리얼리즘 아동문학 창작을 새로운 경지로 끌어 올려 예성타오의 「허수아비」 이후 두 번째로 동화의 전성기를 가져왔다고 평하고 있다. 특히 『다린과 샤오린』은 장톈이의 첫 번째 장편 동화이면서 시대적 한계를 극복하고 나온 그의 대표적인 작품이라고 할 수 있다.

장톈이의 동화에는 중국 사회의 어두운 상황과 이에 저항하는 어린이의 투쟁과 반항 정신이 잘 드러나 있다. 『다린과 샤오린』에서는 돈 있는 계급과 가난한 계급이 분명하게 대립하고 있으며 이들 사이의 갈등과 투쟁이 잘 나타나 있다. 이들의 삶의 방식과 사고가 얼마나 다른지는 쌍둥이 형제 다린과 샤오린의 각기 다른 삶의 형태를 대비시켜 적나라하게 보여준다. 개 신사에게 잡혀 쓰쓰거四四格에게 팔려간 샤오린은 이후 노동자의 삶을 살게 된다. 착하게 살고자 했던 샤오린은 아이들을 착취하는 쓰쓰거를 죽이고 함께 일하던 아이들과 도망쳐 기차 기관사가 된다. 그러나 잘 먹고 잘 입고 일 안 하고 편하게 사는 부자의 삶을 동경했던 다린은 여우신사의 도움으로 세계 최고의 부잣집에 양자로 들어간다. 이때부터 다린은 이름도 바꾸고 양아버지처럼 일도 안 하고 생각도 안 하고 오로지 먹기만 하여 뚱보가 되어 간다. 다린의 시중을 두는 200명의 하인들은 음식을 씹고 삼키는 것 외에도 말이나 생각도 대신 해준다. 결국 샤오린은 불의와 폭력에 저항하며 일하는 강한 노동자가 되었지만, 샤오린은 보물로만 가득 찬 부자섬에서 굶어 죽고 만다.

『이상한 지방』은 농촌아이인 샤오민즈小民子가 노동자인 아버지를 따라 도시에서 생활하며 느끼는 일들을 통해 상류사회와 하층 노동자 간의 계급 모순을 그린 아동소설이다. 그의 작품에는 유머스럽고 과장된 언어가 잘 드러나 있다. 도시의 부잣집에서 정원사로 일하는 시골 출신의 샤오민즈의 아버지가 아들을 학교에 보내기 위해 고향에서 샤오민즈를 데려온다. 샤오민즈의 눈에 비친 아버지가 일하는 도시의 부잣집은 이상한 곳이다. 주인집 아들은 약속도 안 지키고 제멋대로 굴면서 샤오민즈를 괴롭힌다. 먹다 남은 밥은 구정물로 버릴지언정 불쌍한 아이에게 주어서는 안 되며, 나이 많은 아버지와 숙부는 어린 주인집 아들에게 굽신대고, 문제가 생기면 아무 잘못이 없는 샤오민즈만 두들겨 맞는다. 결국 숙부와 함께 '이상한 도시'를 떠나 고향으로 돌아가게 된 샤오민즈는 불합리한 현실에 결코 굴복하지 않고 부잣집 정원에 돌을 던지며 누구든지 자신을 깔보면 가만 두지 않겠다고 소리 지른다. 즉 현실에 순응하고 비굴하게 무릎꿇는 어른과 어린이를 대비시켜 공산혁명을 지향하는 새로운 미래의 희망이 꼬마 전사에게 있음을 보여주는 투쟁적인 작품이다.

이 당시에는 문단에서 이름이 높은 작가들도 아동문학 창작 대열에 참여하였다. 마오둔은 좌련의 대표적인 인물이면서 당시 중국 문단에서 이름난 장편 소설가이다. 마르크스 세계관에 입각하여 아동문학에 대한 사명과 예술을 투영한 마오둔은 1935년과 1936년에 『큰 코 이야기大鼻子的故事』와 『소년 인쇄공小年印刷工』, 『아들은 회의에 갔다兒子開會去了』라는 3편의 아동소설을 발표하였다. 이 작품들은 암울한 현실을 폭로함과 동시에 각성한 소년을 통해 첨예한 민족의 모순을 반영하고 있다. 그의 작품은 계급투쟁과 민족투쟁에 집중하여 정치성을 강하게 띠었고, 이 가운데서도 선전과 전투성이 잘 배어있는 『큰 코 이야기』는 도시 유랑아를 그린 많은 아동소설 가운데서도 수작으로 꼽힌다.

『큰 코 이야기』는 1930년대 리얼리즘 창작 방법으로 탄생한 작품 가운데 예술적 수준이 높아 하나의 이정표를 세운 작품으로 평가받는다. 이 작품은 '도시 유랑아의 전기'로 다양한 각도로 유랑아의 전형적인 형상을 표현하였다. 1930년대의 중국은 전쟁과 내전으로 부모를 잃고 고아가 되거나 불구가 되어 유랑하며 구걸하는 아동인구가 급증하였고, 이들은 꼬마 말라깽이란 뜻의 '샤오비에싼小癟三'이라고 불렀다. 『큰 코 이야기』는 상해를 떠돌아다니는 아이인 '큰 코'라는 별명으로 불리는, 이름 없는 한 소년을 다룬 중편 소설이다. 『큰 코 이야기』는 중국인의 관심을 만주로부터 돌리고 반일과 항일의 여론을 억압하기 위하여 상해시 정부에 항일단체의 해산과 배일운동의 단속을 요구하며 일본 군대가 중국 국민당군을 공격했던 1·28사건이 배경이다. 이 작품의 독자대상은 아동뿐 아니라 성인이기도 하며 공산주의 사상을 적극 주입시키는 내용으로 이루어졌다.

번화하고 여유가 넘치는 대도시에서 주인공 소년은 언제부터 집이 없었는지도 모르고 자신의 이름조차 알지 못한다. 소년은 부모를 잃고, 어떻게 부모를 잃었는지도 모르는 채 결국 거리로 내몰리게 된다. 주인공 소년은 고아로서 유기견이나 다름없이 쓰레기통을 뒤지고, 얻어맞으며 지내는 것이 일상이었고, 유료 공중화장실 담벼락이 자기 집이나 다름없었다. 화장실 주인으로부터 '큰 코'라고 불리게 된 주인공 소년은 남의 돈을 훔치기도 하고, 돈을 구걸하다가 우연히 일본 제국주의에 저항하는 시위대를 만나게 된다. 평소 순찰에게 쫓기고 얻어맞던 '큰 코'는 시위대의 학생과 여자가 얻어맞는 것을 보고 순찰대에게 당하는 이들이 좋은 사람일 거라고 생각한다. 시위대는 일본 제국주의에 대항하는 애국 시위운동에 '큰 코'가 합류하도록 권유한다. 시위대와 섞인 '큰 코'는 한 대학생의 주머니에서 삐져나온 지갑을 훔치려던 행동을 멈추고, 이들과 같이 구호를 외치며 행진을 한다.

이런 시대적 배경으로 인해 우리나라와 관련이 있는 작품도 발표되었다. 바로 일본의 동북 침략을 배경으로 하여 조국을 잃은 조선아이 궈리果裏가 이국에서 멸시와 조롱을 겪으며 '망국노'로서의 처지를 거부하는 불굴의 애국정신을 그린 작품인 수췬舒群의

『조국이 없는 아이沒有祖國的孩子』1936이다. 1930년대 좌익문단에는 항일을 소재로 한 작품을 쓴 동북지방에 망명한 작가들을 '동북작가군'이라고 하는데, 이들은 1931년 9·18만주사변 이후 민족의식을 깨우는 혁명적이면서 일본 통치하의 강렬한 애국주의 정신을 강조하는 창작을 특색으로 삼았다. 수췬이 『조국이 없는 아이』를 쓴 시기는 일본이 중국의 동북을 침략한 후, 화북 지방을 향해 대대적인 공격을 감행해서 침략전쟁으로 치달을 때였다. 수췬은 좌익작가 연맹의 일원으로서 『조국이 없는 아이』는 그의 첫 작품이면서 대표작으로, 동북작가군과 1930년대 좌익문단의 우수작으로 꼽힌다.

『조국이 없는 아이』에 나오는 등장인물의 원형은 작가 자신이 어린 시절 직접 만난 교류했던 조선아이다. 작품의 배경은 1931년 만주사변을 전후로 한 흑룡강성 하르빈과 목단강 시의 중간쯤에 위치한 상지현尙志縣이라는 작은 마을이다. 궈리의 아버지는 독립운동을 이끈 지도자로 짐작된다. 엄마의 당부로 형과 함께 만주로 와서 고된 노동을 하며 생활하던 궈리는 낯선 이국 땅에서 고된 노동과 조국이 없는 가련한 신세로 주변 아이들에게 멸시를 받는다. 후에 소련 선생님의 도움으로 아이들과 학교를 다니게 된 궈리는 중국 및 소련 아이들과 좋은 친구가 된다. 그러나 곧 이 지역의 주인이 바뀌면서 모두들 자신의 나라로 돌아가야 하는 상황을 맞는다.

소련 아이들이 다 떠나고 나서 남겨진 궈리는 친구와 함께 기차와 배를 훔쳐 타고 중국으로 가다가 일본 군인에게 붙잡히고 만다. 아버지가 일본인에게 목숨을 잃었고, 형도 어디론가 끌려가고 마침내 궈리마저 붙잡히면서 이야기는 끝이 난다. 소설 속 궈리는 일본 사람에게 잡혀가면서도 결코 두려움을 보이지 않고, 오히려 담대하게 자신의 친구를 보호한다. 궈리는 비록 어린 나이의 소년임에도 결코 꺽이지 않는 독립운동가 자녀로서의 높은 기상을 잘 보여주고 있다. 이 작품은 국적이 다른 세 나라 아이들의 비극과 이별을 다루면서 애국적 기상과 국제주의 사상이 담긴 내용으로 높은 평가를 받았다.

이밖에도 많은 작가들이 리얼리즘 경향의 창작에 참여하였다. 젊은 청년 소설가였던 바진巴金은 단편소설집 『장생탑長生塔』 속에 「장생탑」·「탑의 비밀塔的秘密」·「몸을 숨긴 나무隱身株」·「말하는 나무能言樹」 등 4편의 동화를 수록하였다. 이 작품들은 소련의 시인인 에르센코의 영향을 받아 동화형식으로 쓴 소설로 현실 정치의 참혹함과 어두운 면을 풍자하고, 인민의 비참한 현실을 그렸다. 라오서의 「소피의 생일小坡的生日」은 세계 약소민족의 공동 투쟁을 표현했고, 딩링丁玲의 「아이들에게給孩子們」는 아름다운 환상 경계와 모순이 가득한 현실 세계가 섞인 아동 단원들의 형상을 묘사하였다.

예성타오는 리얼리즘 정신을 토대로 현실 비판적인 동화「고대 영웅의 석상古代英雄石像」1929을 발표하였다. 또 천보췌이의 장편동화 「앨리스 아가씨阿麗思小姐」1933는 「이상한 나라의 앨리스」를 차용한 것으로 계급의식보다는 반제국주의와 민족의식을 표출하는 데 중점을 두었다. 작품 초반에 천진하고 쾌활하게 행동했던 앨리스는 후반에 이르러 동물들과 함께 제국주의와 맞서 싸우는 용감한 전사로 바뀐다. 아동소설 가운데 예술성을 높이 평가받는 작품으로는 차오밍草明의 『어린 영매小玲妹』가 있다. 「어린 영매」는 술주정뱅이 새아버지에게 얻어맞고 살다가 결국 성홍열에 걸려 죽음에 이르는 어린 소녀의 이야기로 섬세하고 정교한 기교로 묘사된 작품이다.

그러나 프롤레타리아 아동문학은 정치적 목적을 앞세움으로써 작품에 등장하는 아동의 모습이 실제와 동떨어졌고 정치적 입장을 전달하는 교육적 목표가 지나치게 앞서, 예술적 표현이 부족하고 도식화된 경향이 주를 이룬 점이 한계로 지적된다. 이 때문에 문학적 형상을 제대로 갖추지 못하여 마치 선전 삐라와 같은 인쇄물로 비판받기도 했다. 그러나 중국에서는 '프로문학이 프롤레타리아혁명을 위한 투쟁적 삶을 구현하여 계급의식의 각성을 형상화'함으로써 중국문학의 지평을 새로이 개척하였다는 평가를 받기도 한다. 이는 물론 중국이 자신들의 존재 기반인 공산주의를 부정할 수 없는 정치적, 역사적, 실존적 입장을 반영한 평가임을 미루어 짐작할 수 있다.

이러한 리얼리즘 경향은 중화인민공화국 성립 이후에도 내용과 주제, 인물형상 면에서 꾸준히 이어졌으며 오히려 더욱 강화되기도 하였다. 즉 1960, 1970년대의 아동소설 역시 프롤레타리아 계급문학이 모범으로 여겨지다가 1978년 이후에야 점점 퇴색되면서 최근에는 시장경제와 국제화를 반영한 모습으로 점차 변모하고 있다.

산문 부문에서는 큰 영향을 미친 역작이 없으나, 비교적 주목할 만한 작품으로는 '좌련 열사'인 러우시柔石를 들 수 있다. 그의 「인간잡기人間雜記」는 좌익 아동산문의 대표작으로 작가가 직접 본 가난하고 고단한 아동생활을 묘사하여 사회현실의 어둠을 폭로하고 아동의 운명에 관심과 동정을 표하였다.

그리고 만화가이면서 동화작가, 산문가로 활동한 펑즈카이가 있다. 펑즈카이는 각종 만화와 그림·삽화·화보·의복 디자인 등 다양한 미술 작품들을 남겨 중국 현대회화사에는 빼놓을 수 없는 중요한 작가이며 화가이다. 그는 1920년대부터 독특한 풍취의 만화를 그렸고 많은 음악, 미술 이론서도 펴냈으며 자신의 자녀를 제재로 한 산문으로 산문집을 내기도 했다. 그는 일생동안 아이들을 무척 사랑하여 그의 예술과 문학창작은 아동과 깊은 관계가 있다. 펑즈카이는 1925년 12월에 『즈카이 만화子愷漫畵』를 문학주보

孔乙己低声说道，"跌断，跌，跌……"

"我知道了。——瑜儿，可怜他们坑了你，他们将来总有报应，天都知道；你闭了眼睛就是了。——你如果真在这里，听到我的话，——便教这乌鸦飞上你的坟顶，给我看罢。"

〈그림 2-3〉 루쉰 작품 속 펑즈카이 그림

〈그림 2-4〉 저우쭤런 『아동잡사시』 속 펑즈카이 그림

에서 출판하여 문예계의 주목을 받았다. 펑즈카이 만화는 간략한 필묵으로 시적 정취를 담아냄으로써 대중적 호평과 함께 중국 근대만화의 효시로서 평가받고 있다. 그의 작품 가운데는 아동의 모습을 묘사한 그림이 많은데 이는 그가 어린이들의 순수한 세계를 한없이 사랑하고 아낀 까닭이다. 그는 어린이 그림을 통하여 인간성, 사회의 모순, 교육 제도 등을 비판하였고 어른들의 세계에서 실망할 때마다 동심의 세계를 그렸다. 그는 복잡하고 불운한 시대를 살아가면서 어른들의 언어로 소통하기 힘든 부분을 어린이의 시선으로 표현하여 새로운 관점과 시각을 보여주었다. 또한 아동도서 등의 삽화가로서 역량을 발휘하여 루쉰과 저우쭤런의 작품에 그림을 그리기도 하였다.

중국적 정취가 물씬 풍기는 펑즈카이의 그림은 그림책만을 대상으로 한 펑즈카이 그림책상을 제정하게 이끌기도 하였다. 2008년 홍콩에 설립한 '펑즈카이 기금회'는 미국의 칼데콧상Caldecott Medal을 모델로 삼아 2009년부터 우수한 창작그림책 작가에게 상을 수여하는 '펑즈카이 그림책상'을 만들었다. 이 상은 중국 그림책계에서는 가장 권위있는 상으로 2년마다 한번씩 수상작을 뽑아 시상하고 있다.

1930년대는 국민당 통치 지역국통구과 공산당이 지배하는 소비에트 지역해방구으로 나뉘어져 국통구 아동문학 작품은 대부분 폭로 위주였고, 소비에트 지역의 아동문학 작품은 찬양 위주였지만 둘 다 리얼리즘 창작 원리는 다르지 않았다. 국통구의 아동문학은 크게 동심을 지향하는 것과 혁명을 지향하는 것으로 나뉘는데, 천보훼이의 초기 아동시는 동심 지향에 해당한다. 천보훼이는 30년대에 아동시 창작으로 방향을 전환하여 『어린이 시가小朋友詩歌』·『어린이 동요小朋友歌謠』의 시집과 동화시집인 『언덕위의 풍파小山上的風波』 등을 펴냈다. 천보훼이는 초등학교 교사로 사범학교 등에서 근무하면서 활동하였기에 아동문학의 교육적 작용도 중시하였다. 그는 아동문학에 평생동안 많은 힘을 기울인 중국 아동문학의 대가로 아동문학 창작, 번역, 이론 연구를 하였다. 대표적인 저서로는 『날고싶은 고양이一只想飛的貓』와 『아동문학개론兒童文學簡論』을 들 수 있다. 동심과 혁명의 두 양상을 모두 가진 시인으로는 예성타오를 들 수 있다. 그는 『개명국어독본開明國語讀本』에 20여 수의 시를 발표했는데, 언어와 음률·시의 제재 등에서 모두 우수한 작품으로 평가받고 있다.

국통구의 동심지향의 아동시 부문에서 큰 영향력을 가진 시인으로는 타오싱즈陶行知가 있다. 그의 시는 쉽고 자연스러우면서 생동감이 있고 민속적인 가요의 우수한 점을 받아들여 질박 온후한 토속적인 숨결을 지니고 있어서 '싱즈체'라는 독특한 용어가 붙었다. 그의 아동시는 자신의 교육사상과 긴밀하게 연결되어 있다. 그

자신이 빈한한 농촌 출신으로 제국주의와 봉건주의로부터 당한 이중의 고통을 잘 알고 있었기에 아동시에도 노동하는 사람들의 비참한 생활을 반영하였다.

또한 아동들에게 노동의 의미와 작용을 일러주고 세계를 창조하고 바꾸는 진리는 노동에 있음을 일깨우기도 하였다. 그의 「손과 머리가 서로 자라는 노래手腦相長歌」에는 이러한 그의 사상이 잘 드러난다.

> 인생에는 두 개의 보물이 있지,
> 두 손과 머리라네.
> 머리만 쓰고 두 손을 안 쓰면,
> 금방 무너져 버리지.
> 손만 쓰고 머리를 안 쓰면,
> 배부르게 밥도 먹을 수 없지.
> 손과 머리를 다 써야만,
> 세상을 바꾸는 멋진 사람이라네.

작품집으로는 『싱즈 시가집行知詩歌集』·『싱즈 시가속집行知詩歌續集』·『싱즈 시가별집行知詩歌別集』·『싱즈 시가삼집行知詩歌三集』이 있다. 타오싱즈는 '사회성'에도 관심을 두었지만 '아동성'이야말로 아동시의 핵심

〈그림 2-5〉『타오싱즈 시가집』(1934)

이라 생각했고 이로 인해 널리 사랑받는 작품을 발표할 수 있었다.

혁명 지향적인 시로는 류다바이劉大白의 「소년선봉少年先鋒」, 러우시의 「피가 끓는다血在沸」, 창류淐流의 「벽돌깨기 노래打磚歌」·「채소파는아이賣菜的孩子」, 황상공黃尙恭의 「아동비차단兒童飛車團」을 들 수 있다. 이 작품들은 국민당 통치하의 아동과 많은 민중이 겪는 불행한 상황과 통치집단의 부패와 잔악함을 폭로하고 민중의 반항정신을 표현하였다.

소비에트 지역 아동문학은 소비에트 문예의 한 부분으로 대중화와 통속화를 중시하였다. 대중화와 통속화는 집단성을 가진 가요와 지방극을 생산해냈고, 이들 민요와 희극 속에는 자연스럽게 아동이 알던 동요와 희극이 포함되었다. 당과 소비에트정부는 아동문예의 발전을 아주 중시하여 『소년선봉少年先鋒』과 『아동실화兒童實話』 등의 잡지를 만들었다.

이들 홍색 동요와 아동극 극본은 그 수량도 많고 당시 아동들에게 많은 영향을 미쳐, 그들의 문화생활 속에 빼놓을 수 없는 부분이었다. 이들 문예에는 눈물겨운 혁명투쟁 생활이 반영되었으며 제재는 당시의 현실투쟁 생활이었기에 역사적으로 살펴볼 가치가 있다. 홍색 동요의 특징을 살펴보면 첫째, 각지의 아동단과 소년선봉대는 모두 자신들 단체에 대한 노래가 있었고, 이들 「공산아동단가共産兒童團歌」와 「소년선봉대가少年先鋒隊隊歌」 등의 노래에는 혁명의 결심과 의지가 담겼다. 둘째, 아동들이 공산군의 보호 아래 행복한 생활을 누리고 있으므로 내용은 모두 당과 공산정권, 그리고 공산군에 대해 감사하고 사랑을 표현하는 내용을 담고 있다. 셋째, 소비에트 지역에서 불리던 동요의 언어는 소박하고 진지하였다. 혁명 영웅정신을 표현한 시에는 「세 살배기 아이가 홍군이 되다三歲孩童當紅軍」·「아동단兒童團」·「아기수탉小公雞」·「달빛이 비추네月光光」·「어린이 노래小孩子歌」·「새鳥兒」 등이 있다.

동요와 마찬가지로 소비에트 지역에서 중요하게 활용된 아동극은 소비에트 지역 연극의 발전과 함께 시작되었다. 1931년에 첫 번째 전문극단인 '팔일八一극단'이 만들어졌고 1932년에는 '공농극사총사工農劇社總社'가 설립되었다. 그리고 이 안에 고리끼 연극학교藍衫團와 소비에트 극단藍衫團을 만들어 각 현에서 백여 명의 공산주의 아동단원을 뽑아서 공부와 함께 학습과 연기 연습을 시켰다. '고리끼 연극학교'에서는 천여 명의 학생을 길러냈는데 이 학교는 후에 소비에트 지역 연극운동의 핵심이 되어 희극의 수준을 높이고 소비에트 연극운동이 발전하는 데 큰 역할을 했다.

고리키 연극학교의 학생들은 중요한 행사와 전선 위문 공연을 통해 많은 극을 공연하였다. 공연극으로는 〈나는 홍군我-紅軍〉·〈심양 신호탄沈陽號炮〉·〈무장하기 시작하다武裝起來〉·〈적의 탱크를 까부수자粉碎敵人的烏龜殼〉·〈빨리 홍군 부대로 돌아가세요快快歸隊當紅軍〉·〈무식함의 폐해不識字的害處〉·〈무조건 승리해야 된다無論如何要勝利〉 등이 있다. 그러나 당시 상황이 급박하고 선전의 필요성으로 인해 극본이 조악하고 정치 선전 내용이 두드러져서 치밀한 구조를 갖추지 못한 탓에 예술적 가치는 그다지 높지 않았다. 이들 아동극의 극본은 전쟁으로 말미암아 손실이 된데다가 당시 인쇄기술도 한계가 있어서 정식으로 출판된 것이 많지 않아 보존된 자료는 매우 드물다.

4. 아동문학 번역의 확대

1930년대는 외국 아동문학 작품번역의 고조기로 주로 사회주의 작품과 안데르센·그림 형제의 동화가 중시를 받았다. 안데르센 동화는 출판계와 번역계의 명부상실한 총아로서 대우받았고 안데르센 동화집은 아동서국을 비롯하여 개명서점, 중화서국 등에서 몇 차례씩 재판을 찍어내기도 하였다. 안데르센 동화 번역가로는 자오징선·구좐정顧均正·쉬댜오푸徐調孚·셰송이謝頌義·쉬텐훙許天虹 등을 들 수 있다. 자오징선은 20년대부터 안데르센 동화를

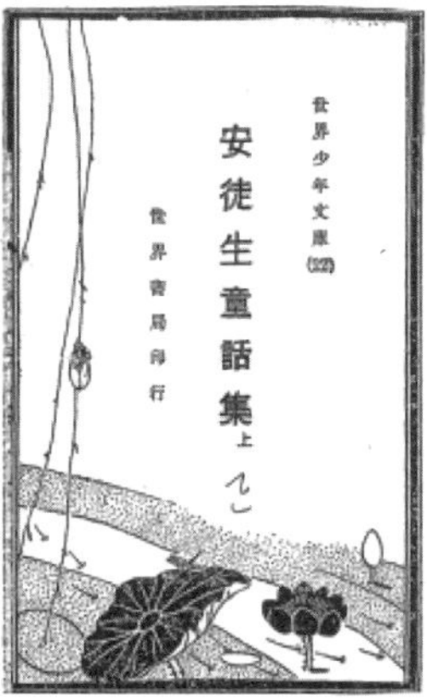

『안데르센 동화집』(1933)

『안데르센 동화』(1934)

『와일드 동화집』(1932)

〈그림 2-6〉 1930년대 주요 번역동화집

번역하기 시작하여 『안데르센 동화집安徒生童話集』과 『새 안데르센 동화집安徒生童話新集』·『벌거벗은 임금님』·『버드나무 아래柳下』를 펴냈다. 그림동화 번역으로는 1934년 상무인서관에서 출간한 웨이이신魏以新의 『그림동화 전집格林童話全集』이 가장 주목할 만하다. 총 2권으로 발간한 이 책에는 210편의 동화가 실려 있다. 또한 자오징선이 영역본을 가지고 번역한 『그림동화 전집』도 있었다.

이 시기에는 그동안 주로 서양에 치우쳐 있던 아동문학 번역 작품들이 조선·일본·인도 등의 나라로도 눈을 돌린 점에 주목해야 한다. 바로 우리나라 창작동화도 이 시기에 중국에 소개되었다. 우리 문학의 번역은 1925년 저우쭤런이 미와 다마키三輪環의 『전설의 조선傳說の朝鮮』에서 발췌한 「최치원崔致遠」, 「투법鬪法」, 「글재주 자랑掉

文」이라는 3편의 민담이 최초이다. 이후 1930년대에 이르러서 마쓰무라 다케오松村武雄 등의 일본인이 수집한 우리나라 옛이야기가 중국어로 번역되어 단행본으로 출간되었다. 또한 소련인 가란 미하일롭스키가 러시아어로 기록한 우리 민담을 세르쥐 페르스키가 번역하고 이를 다시 중국어로 중역한 『조선 민간고사朝鮮民間故事』도 발간되었다. 이 책은 저명한 번역가인 유반농劉半農의 딸 유샤오훼이劉小蕙가 우리나라의 전래 동화 20편을 번역한 것으로 저우쭤런이 서문을 쓰기도 했다. 또 미와 다마키의 『전설의 조선』을 인물편, 산천편, 동물편, 식물편의 넷으로 구분한 『조선전설朝鮮傳說』1932이 소개되기도 하였다. 이후 일본에 유학하며 선진적인 민속학을 공부한 손진태가 직접 채록한 『조선민담집』에서 발췌한 34편의 민담이 잡지 『예풍藝風』과 『부녀와 아동婦女與兒童』·『부녀순간婦女旬刊』 세 곳에 소개되기에 이르렀다. 이들 구비문학은 소련어에서 프랑스어로 번역된 것을 다시 중국어로 중역한 『조선 민간고사』를 제외하면 기록언어는 모두 일본어였다.

민담 번역에 이어 우리 창작동화집도 번역되었는데 바로 『조선현대아동고사집朝鮮現代兒童故事集』1936과 『조선현대동화집朝鮮現代童話集』1936이다. 이 둘은 일본 제국주의가 기세를 떨치던 1930년대 상해에서 발간된 창작동화 번역집이다. 이들 창작동화집의 발간은 1930년대 프롤레타리아 사조와 깊은 관련이 있다. 그리고 일제시기 우리 교민교육을 위해 상해에 설립한 인성학교가 매개가 되었다. 근대 상해는 조선이 서양문명을 수용하는 창구였으며 우리 교민들에게는 상업 활동의 공간과 피신처, 안식처이기도 하였다. 특히 1910년 이후에는 조선이 일본의 식민지가 되면서 정치적 동기에 의한 한인들의 상해 이주가 많았다. 혁명가들은 조계가 있어 상대적으로 활동의 자유가 있던 상해로 옮겨와 중국 혁명가들의 지원을 받으며 반일운동을 전개하였다. 프랑스 조계지에 있던 인성학교는 다른 민족에 의한 고등교육을 받기 전에 초등교육만큼은 철저한 민족교육이 동반되어야 한다는 필요성이 요구될 때, 한인교회에서 활동하고 있던 이들이 교민들의 교육을 담당할 교육기관을 설립하자는 데 뜻을 모아 설립한 교육기관이었다.

『조선 현대아동고사집』은 중국 상해의 정중서국正中書局에서 1936년 1월과 1941년 1월에 두 차례에 걸쳐 발행되었다. 번역자는 상해 인성학교에서 중국어를 가르쳤던 교사 샤오린성邵霖生으로 이 동화집에는 『어린이』 3편, 『별나라』 3편, 『아이생활』 2편 등에서 뽑은 총 8편의 작품이 실려 있다. 작품들은 모두 1930년대 조선의 현실이 반영된 작품들이다. 이 당시 중국 지식들은 조선의 프로문학을 적극 소개하였는데, 이러한 경향성은 바로 '약소민족'에 관한 의식에서 비롯되었다. 『조선현대아동고사집』에 수록된 작품에는 '빈곤'으로 고통받는 아동들이 등장하고 이러한 원인은

『조선 민간고사』

『조선 현대동화집』

『조선 현대아동고사집』

〈그림 2-7〉 1930년대 발행된 우리나라 동화집

일본 제국주의로 인한 것임을 역자는 서문에 암시하고 있다.

『조선 현대아동고사집』은 중국에 가장 먼저 소개된 우리 창작 동화집이기는 하지만 당시 우리 아동문학 가운데 대표적인 작품을 가려 뽑았다고 보기는 어렵다. 이는 무엇보다도 번역자가 아동문학 관련에 종사하고 있던 인물이 아닌 점, 그리고 당시 사회 분위기 속에서 계급적 모순을 보여주는 작품을 선택해야 했던 점, 그리고 번역자가 접했던 작품이 한정적이었기 때문이다. 『조선 현대아동고사집』에 실린 대부분의 작품들은 역자가 서문에서도 언급한 '빈곤의 보편성'을 지녔음에도 결코 좌절하거나 포기하지 않고 힘차게 살아가는 식민지 어린이들의 꿋꿋한 모습을 보여준다. 『조선 현대아동고사집』은 압박받는 어려움 속에서도 서로 단결하고 또 인내하며 눈물을 훔치면서 다시 굳건히 일어서는 조선민족의 민족성을 드러내었다. 이와 동시에 암울했던 일제시기 이국 땅에서 생활하는 약소민족의 실상을 중국의 어린이들에게 알린 번역 동화집이기도 하다.

『조선 현대동화집』은 중화서국에서 발간한 세계 동화총서 중 하나이다. 번역자는 역시 샤오린성으로 상해 인성학교의 설립과 유지 및 운영에 핵심적인 역할을 하였던 한진교韓鎭敎의 도움을 받아 발간되었다. 『조선 현대동화집』에는 총 28편의 창작동화가 수록되어 있다. 작품의 출처는 『어린이』 16편, 『별나라』 7편, 『조선 동화대집』 1편, 출처 미확인이 4편으로 수록된 거의 모든 작품이 1930년대 발표된 작품들이다. 『조선 현대동화집』 역시 억압받는 민족의 민족성을 드러낸 작품집으로서 '인간문학'을 기반으로 한 '약소민족문학'이다.

『조선 현대아동고사집』과 『조선 현대동화집』의 출판에는 당시 일본의 지배를 받던 중국과 조선의 연대를 통한 항일의식을 고취하려는 목적이 작용됐을 것으로 보인다. 역자는 『조선 현대동화집』이 '압박받는 민족의 문학'으로서 중국 아동들이 읽을 만한 가치가 있다고 말하고 있다. 『조선 현대아동고사집』과 『조선 현대동화집』은 비록 질적·양적으로 충분히 만족스럽지는 못하지만, 이국의 풍취와 정취를 알려주면서 일제시기 중국 내에서 발간된 우리나라 작품집이라는 데에서 기념비적 의의를 부여할 수 있다. 곧

일본 동화집(1931)

프랑스 동화집(1931)

『인도 동화집』(1933)

『스페인 동화집』(1934)

〈그림 2-8〉 1930년대 발행된 각국 동화집

『조선 현대아동고사집』과 『조선 현대동화집』은 약소민족의 현실과 저항의식을 담은 아동문학 작품을 통해 중국의 어린이들에게 가까운 이웃나라의 정취와 함께 인도적인 태도를 함께 심어주고자 한 번역 동화집이었다.

당시에는 일본 동화집도 여러 권 발간되었다. 『일본 동화집日本童話集』1931 · 『동화세계童話世界』1932 · 『현대일본동화집現代日本童話集』1933 · 『일본소년문학집日本少年文學集』1934 · 『일본 신동화日本新童話』1937 외에도 일본 문단에서 크게 활약하던 오가와 미메이의 동화는 지식인들에게 많은 영향을 주었다. 중화서국에서는 세계동화총서로 『프랑스 동화집法國童話集』1931 · 『인도 동화집印度童話集』1933 · 『터키 동화집土耳其童話集』1933 · 『스페인 동화집西班牙童話集』1934 · 『덴마크 동화집丹麥童話集』1934 · 『이란동 화집伊郎童話集』1937 등을 속속 출간하였다.

이밖에도 좌익 문예사조의 발전으로 사회주의자인 오스트리아 작가이면서 번역가인 헤르미니아 추어 뮐렌Hermynia Zur Mühlen의 동화가 관심을 끌었다. 그의 동화는 루쉰의 부인인 쉬광핑許廣平이 『어린 피터小彼得』1929를, 황강黃崗이 『진리의 성眞理的城』1930, 첸거촨錢歌川이 『뮐렌 동화집繆倫童話集』1932를 각각 번역하여 출간하였다. 이 시기에는 시대의 변화에 따라 외국 아동문학의 번역 작품 가운데 소련 사회주의 아동문학이 많은 비중을 차지했다. 소련 아동문학은 중국의 아동들에게 새로운 세계의 아동형상을 보여주었고, 동시에

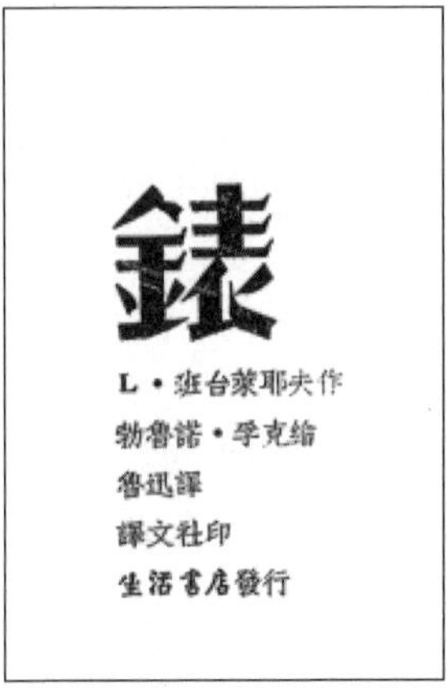

〈그림 2-9〉 루쉰 번역작품 『금시계』(1935)

당시 중국의 아동문학 이론과 창작에 새로운 영향을 끼쳤다. 루쉰은 아동과 민족, 국가의 운명이 연결된다고 생각하여 소련 작품번역을 통해 아동에게 지혜와 더불어 사회현실에 대한 관심을 깨우치고자 하였다.

특히 1935년에 그가 번역한 소련의 판테레이예프Леонид Пантелеев : Leonid Panteleev, 1908~1987의 『금시계錶』는 리얼리즘 아동소설의 걸작으로 꼽힌다. 『금시계』가 발표되자 1930년대 중반 중국 아동문학의 사상과 내용, 인물과 제재에서 큰 변화가 일어났다. 곧 그동안 공주나 왕자, 요괴, 요정을 묘사하던 형태에서 현실 속에서 살아가는 진실한 아동의 인생을 그리기 시작하였다. 이 작품은 판텐레이예프가 1928년에 쓴 중편 아동소설로 마리아 아인스타인이 독일어로 번역한 것을 다시 루쉰이 중역하여 1935년 상해 생활서점에서 단행본으로 출간한 후 36차례나 발행되었다. 여기에는 판텐레이예프 자신의 경험이 고스란히 반영되었다. 판텐레이예프는 내전으로 인해 13세에 가정을 잃고 고아가 되어 유랑하다가 1921년 '부랑아 학교'에 입학하여 1925년부터 문학창작을 시작했다.

『금시계』는 부모가 없이 떠도는 소년 페티카가 시계를 훔치고 보육원에서 살면서 바른 아이로 변한다는 이야기다. 이 작품에 등장하는 주인공은 사회주의 국가의 보호 아래 생각과 행동이 변화되어 새 사람이 된다. 그는 교육을 통해 감화를 받는데, 이 교육에는 바로 공산주의 교육이 포함된다. 주인공은 소비에트 정부가 평화롭게 건설된 시기의 아동이었기에 교육의 기회를 얻고 사회의 도움을 받아 옳고 그름을 판단할 수 있었고 학습에 매진하는 우수한 아동이 될 수 있었다. 이 작품은 '어떻게 사회주의 인간을 배양할 것인가'의 문제였고, 이는 1930년대 아동소설이 만들어내고자 했던 아동형상이었다.

루쉰은 「『금시계』 역자의 서문」에서 "이 작품이 아동에 국한되지 않고 학부모와 교육자 그리고 동화작가에게 참고가 되게 하려는 목적이 있다"고 하였다. 이후 소련 아동문학 번역은 더욱 활발해졌으며, 리얼리즘 아동소설의 걸작으로 꼽히는 이 작품으로 말미암아 기존의 아동문학에 대항하여 새롭게 현실 생활에 참여하는 아동형상이 작품에 많이 나타나게 되었다. 후펑胡風은 『금시계』가 '이전의 전통문학에 강하게 반항하는' 작품으로써, 이전의 아동문학 작품들에서는 '아동'을 추상적인 개념으로 보았고, 작가가 자신의 도덕관념을 강요했다고 여겼다. 그동안 공주나 왕자가 등장하는 동화는 인생의 진실을 보여주지 못하므로 유익하지 않으며, 과학지식이 담긴 도서는 예술적 힘이 없기에 인생의 진실을 반영한 예술작품이 필요하다고 주장하였다. 나아가 『금시계』가 제재와 주제면에서 전통적인 문학작품과는 구별된다고 높이 평가하였다.

이러한 평가로 인해 이 작품은 둥린컨董林肯이 극본으로 개편하여 계림桂林, 중경, 복주, 곤명昆明 등지에서 연극으로도 공연되었다. 또 1947년에는 몇 차례의 수정을 거쳐 상해에서 다시 무대에 오른 다음 아동극본으로 출판되었다. 1948년과 1949년에는 저명한 연출가 황쭤린黃佐臨이 영화로도 만들었고 만화로 출판하는 등 지속적인 개작이 이루어졌다. 1936년에는 다시 영화감독 차이추성蔡楚生이 원작을 모방하여 상해 유랑아동의 생활을 그린 〈길 잃은 어린 양迷途的羔羊〉을 제작하였다. 처음으로 아동문제를 다룬 이 영화는 아동의 눈으로 세상을 바라보면서 떠돌아 다니는 아동을 성공적으로 그려내어 좌익 영화에서 성과를 거둔 작품으로 평가받고 있다.

5. 과학문예 창작의 발전

이 시기 과학문예가 발전한 데는 일본의 침략으로 중국이 위기에 처하면서 지식인들이 '과학구국'을 부르짖은 것과 관계가 깊다. 마오둔은 아동도서를 출판하는 출판계를 살핀 후 1933년 5월부터 10월까지 『신보』의 자유발언란에 5편의 글을 발표했다. 곧 「아이들에게 어떤 걸 읽혀야 좋을까?給他們看什麽好呢」·「아이들은 새로운 것을 원한다孩子們要求新鮮」·「아동도서를 논하다論兒童讀物」·「아동의 발표능력을 어떻게 향상시킬까?怎樣養成兒童的發表能力」·「『소학생 문고』에 대한 소망對於『小學生文庫』的希望」이라는 글을 통해 역사적이며 과학적인 문예물을 창작해야 한다고 부르짖었다. 마오둔은 각기 다른 연령의 아동들의 수요에 부합해서 과학동화가 필요하다고 말하였다.

이같은 '과학구국'의 열기로 말미암아 30년대에는 과학문예 번역과 창작이 급속하게 발전하기 시작했다. 특히 외국 과학문예를 대량으로 번역하여 들여온 것도 이 시기 과학문예가 발전하기 시작한 중요한 원인 중 하나였다. 과학에 종사하는 이들 중에는 '과학 대중화' 운동을 벌이면서 문예와 과학을 결합하여 대중들에게 과학지식을 보급하는 작가 대열에 합류하기도 하였다. 소년과 아동이 과학지식을 학습할 수 있는 가장 적절한 대상이었기에 과학문예가 조명을 받게 되었다.

이 시기에는 외국문학 번역 작품 가운데 소련의 과학문예 작품이 소개되면서 그동안 뜨거웠던 '이솝과 그림 형제'의 열기가 '쥘 베른'과 '파브르'로 대체되었다. 미국의 헨드릭 빌럼 판 론Hendrik Willem Van Loon의 『인류 이야기人類的故事』와 소련 과학작가인 미하일 일리인Илья Яковлевич Маршак의 작품은 이 시대에 큰 인기를 몰고 온 번역물이었다. 30년대 번역 작품의 확대는 아동의 시야를 넓혀 각 방면의 지식교육을 얻게 하였고, 또 중국 현대 아동문학의 새로운 신천지를 개척하는데 이바지하였다. 1933년 세계서국은 101권으로 구성된 『아동과학 총서』를, 상무인서관에서는 500종의 『소학생 문고小學生文庫』를 발간하였다. 『소학생 문고』는 도서관학·사회과학·자연과학·응용기술·예술·언어학·문학·역사와 지리 등이 모두 포함되었는데 그중에서도 과학문예 영역의 성과가 특별히 두드러졌다.

이러한 분위기에 힘입어 신중국서국의 『아동 과학잡지兒童科學雜誌』, 아동서국의 『상식화보常識畫報』, 소년 지식출판사의 『소년지식少年知識』 등의 과학문예 잡지가 등장했다. 이 잡지들은 주로 아동에게 과학지식을 소개하였고 아동의 흥미로부터 출발한 이야기·산문·시가·그림 이야기·상식소개·과학놀이·장난감 제작·지능 테스트 등의 다양한 난을 두었다. 또 『아동세계』·『어린이』·『현대 아동現代兒童』·『신소년新少年』·『소년 잡지少年雜誌』·『아동 잡지兒童雜誌』 등도 '과학보급 분야'를 두어 소년소녀 과학문예는 당시 상당한 규모를 이루게 되었다. 그러나 이들 과학문예는 문학성과 예술성에는 소홀하고 오직 과학지식 소개만을 염두에 두었다.

과학문예가 부흥함에 따라 둥춘차이董純才·가오스치高士其·구쥔정顧均正·돤페이스段佩斯·쉬달녠徐達年 등의 신예 과학보급 창작 작가들이 출현하였다. 이 가운데 둥춴차이는 가장 먼저, 가장 많은 과학동화를 쓴 작가로 과학대중화 운동을 활발하게 하였다. 그는 소련의 유명한 과학작가인 미하일 일리인의 『인간과 산人和山』과 『5년 계획 이야기五年計劃的故事』·『몇 시幾點鍾』·『밤이 아니다不夜天』·『흰 종이에 검은 글자白紙黑字』 등을 번역했다. 그가 번역한 파브르의 『과학 이야기科學的故事』는 각종 과학지식을 문답 형식으로 쉽고 분명하게 알려주는 형식으로 되어 있었기에 본인도 이를 참고하여 여러 권의 책을 편집하여 발행하였다.

여러 작품을 번역하는 과정을 거쳐 자신의 특색을 드러낸 둥춴차이는 과학 동화집인 『동물만화動物漫畵』를 발표하였다. 40여 편의 단편 과학동화를 모은 이 동화집은 의인화의 수법으로 재미있는 이미지와 자연스러운 문장으로 각종 동물의 습성과 기능, 진화및 변천의 역사를 동화형식으로 서술해 독자들을 끌어들였다. 이후 그가 창작한 『호랑나비 전설鳳蝶外傳』과 『여우 부부 역경기狐狸夫婦歷險記』는 문학성과 지식적 측면 모두 잘 조화된 과학동화로 중국 과학동화의 초석으로 평가받는다. 『호랑나비 전설』은 작은 호랑나비를 의인화하여 전기적인 구성으로 호랑나비의 일생을 그린 동화이다. 호랑나비가 여름에 태어나, 가을에 허물을 벗고, 겨울에는 번데기로 동면하다가 봄에 껍질을 벗고 나비가 되는 과정이 펼쳐

진다. 작가는 나비가 되어가는 모든 과정에 흥미롭고 정확한 상황을 묘사하면서 나비의 외모, 습성, 행동, 본능 등을 생동감있게 묘사하였다.

『여우 부부 역경기』는 여우의 생활습관을 이용하여 동화 형식의 작품으로 여우 엄마가 다섯 새끼를 위해 먹이를 사냥하는 이야기다. 여우가 먹이를 찾다가 갖가지 위험에서 벗어나는 방법은 모두 여우의 특성을 잘 반영했기에 독자들은 여우에 관한 많은 지식을 접할 수 있었다. 이후 둥환차이는 『아동세계』에 과학 동화시극인 〈새 기관차의 노래新火車頭的歌〉를 발표하여 과학동화 부문에서도 새로운 형식을 계발하였다. 그는 기관차가 움직이는 과정을 놀이·시·희극으로 꾸몄다. 즉 기관차·차장·객차와 기차에 필요한 물·석탄·기름·모래·등불을 동화 속 인물로 각색해 같이 기차를 몰고 가는 놀이로 만들었다. 그리고 등장인물의 대사는 한 편의 자유시로 구성하였다.

가오스치는 미국에 유학하면서 '식물 세균학'을 연구한 학자로 1930년에 중국으로 돌아와 아동과학 문예사업에 종사하였다. 그는 상해에서 살면서 타오싱즈가 주관하는 자연학원에서 둥환차이 등과 함께 아동 과학도서를 편찬하면서 '어린이 과학 통신학교'를 열었다. 가오스치가 아동들을 위해 가장 먼저 창작한 작품은 『세 작은 물귀신三個小水鬼』이다. 이 작품은 콜레라, 장티푸스, 이질을 귀신으로 묘사했기에 독자로부터 봉건적인 미신 색채를 띠었다는 비판을 받기도 하였다. 가오스치는 "아이들은 인류의 미래이며, 조국의 희망으로 어려서부터 자연과학에 대한 열정을 배양하여야 한다"고 주장하며 생의 마지막까지 아동과학 도서 창작에 몰두하고자 했다.

『우리의 항전 영웅我們的抗敵英雄』은 일본 제국주의가 침략했음에도 맞서 싸우지 않는 국민당의 무저항주의로 인해 중화민족이 큰 재앙을 당한다는 내용으로 이루어져 있다. 이 작품은 사람의 혈액인 백혈구에 비유하여 유격전술과 적군에 대항하는 모습을 그렸다. 『우리의 항전 영웅』은 문학과 정치, 과학의 결합물로서 일본 제국주의의 음모와 국민당의 행태를 묘사하고 있다. 그는 이후로도 계속해서 백여 편의 과학문예와 과학산문을 써서 『독서생활讀書生活』·『부녀생활婦女生活』·『통속문화通俗文化』 등의 잡지에 발표했다. 대표작이라 할 수 있는 『세균과 사람細菌和人』은 가오스치의 두 번째 아동과학 문예집으로 1936년 상해 개명서점에서 출판되었다. 가오스치는 세균을 생물계의 작은 보물로 인식하여 너무 작아서 개미에게도 보이지 않지만 강한 힘을 가졌다고 묘사하였다. 그의 작품은 전문적인 생물과학 지식에 기초하여 곳곳의 현실과 생활을 긴밀하게 연결시켰다. 그는 아동과학 문예 소설 이외에도 아동 과학시를 쓰기도 했다. 상해의 힘든 백성들의 삶을 말라리아 모기가 인체를 해치는 상황으로 비유하여 쓴 「북치는 소녀가 얘기하는 모기 이야기를 들어보세요聽

打花鼓的姑娘談蚊子』가 바로 과학시라 할 수 있다.

구쥔정은 번역가이면서 과학과 관련된 작품을 창작하였는데, 그가 번역한 독일 브루노 부르델Bruno H. Burdel의 『울라불라 박사의 기이한 이야기烏拉波拉故事集』는 최초로 중국에 소개된 과학동화 작품이다. 그는 1934년부터 과학과 관련된 글을 쓰기 시작하여 수백편의 과학 수필을 썼다. 구쥔정은 현대 과학 공상소설을 개척하여 군사과학 공상 소설인 『평화의 꿈和平的夢』과 『북극 아래서在北極底下』·『런던 전염병倫敦奇疫』의 작품을 창작하기도 했다. 그는 본격적으로 1940년대 과학 공상소설이 시작되기 전에 형식과 내용이 다양한 과학 관련 작품을 발표했다. 이밖에도 스티븐슨Robert Louis Stevenson의 『보물섬寶島』 등의 공상 소설도 소개하였다.

이외에 돤페이스도 활발하게 활동한 과학작가로 그는 과학 산문 외에 장편 『과학 이야기科學故事』도 집필하였다. 『소년 잡지』에 연재한 『과학 이야기』에는 각종 곤충과 과학상식에 관한 내용이 담겨 있었다. 1937년 『문학』 8권 4호에는 젊은 식물학자인 차이시타오蔡希陶의 과학동화 『포공영浦公英』이 실리기도 했다. 이 작품은 문학성, 과학성, 사상성의 세 부문이 잘 조화되어 식물과 동물을 주체로 한 대자연의 세계를 잘 그려냈다는 평가를 받는다. 작가는 과학적 기법과 의인화 수법을 잘 운용하여 커다란 나무와 작은 풀이 자연과 사회에 미치는 특징과 생존의 역사, 시간적 흐름,

『인류 이야기』

『우리의 항전 영웅』

『울라불라 박사의 기이한 이야기』

〈그림 2-10〉 1930년대 인기 과학문예 작품

봄부터 다음 해 봄이 오는 과정을 묘사하였다.

이처럼 당시 과학문예의 발전은 아동들에게 과학지식을 보급해 주었을 뿐 아니라 새로운 문예 형식의 창조에도 큰 역할을 했다. 특히 당시에 발표된 과학문예 작품들은 신사상이 담겨 있는데다 문학적 색채와 과학지식 이야기들이 독자들에게 흥미를 더해 주어 중국 소년소녀 과학문예 창작에 큰 영향을 주었다.

제3장

중일전쟁 및 국공내전1937~1949 시기

1. 외세 점령지역 상해의 아동문학
2. 국민당 통치지역의 아동문학
3. 공산당 통치지역의 아동문학
4. 내전시기 아동문학 활동
5. 아동문학 작품번역의 양상

1. 외세 점령지역 상해의 아동문학

국민당의 압도적인 공세에 공산당이 게릴라전으로 맞서면서 국민당과 공산당의 군사적 대립국면은 1936년을 고비로 국공합작과 중일전쟁의 국면으로 바뀌었다. 이러한 국면의 전환은 일본의 침략에는 유화적으로 대응하면서 장기간에 걸쳐 내전에 몰두하는 데에 대한 국민적 비판 때문이었다. 국민당과 공산당은 내전의 중지와 항일을 위한 통일전선 결성에 합의하였다. 서안사변으로 인해 제2차 국민당과 공산당의 합작이 시작되는 1937년 후반부터 중화인민공화국을 수립한 1949년까지의 10년은 국민당 통치구역, 공산당 통치구역, 외세 점령구역의 세 곳으로 분열되었다. 이 시기는 다시 일본의 침략에 맞선 1937~1945년의 중일전쟁 시기와 1945~1949년의 국민당과 공산당 간의 내전시기로 구분된다.

국민당과 공산당은 일시적으로 합작을 하기도 하였으나, 다시 대립하였다. 이 당시 대부분의 문인들은 국민당 통치구역에 있었고, 일부가 공산당 통치구역과 점령구에 있었다. 물론 작가들의 이동도

잦았으나 1949년 이전까지는 정치적 입장과 판도에 따라 각 구역에 있던 문인들은 서로 다른 모습을 보였다. 국민당 통치구역은 국민당 정부가 있던 중경重慶과 성도成都, 운남성의 곤명지역, 귀주성의 귀양貴陽지역, 광서성의 계림지역, 복건성의 하문夏門지역, 광동성의 광주廣州지역이었다. 공산당 통치구역은 섬서성의 연안延安지역이었고, 외세 점령구는 북경을 비롯한 흑룡강성, 길림성, 요녕성 등의 일본 점령지역과 상해, 대만台灣 등이었다. 곧 국민당은 중국의 비옥한 남쪽지역을, 일본을 비롯한 외세는 동북지역과 풍요로운 동해안 지방을, 공산당은 척박하고 험한 서북지역을 발판으로 하고 있어 공산당이 가장 불리한 여건에 처해 있었다. 이들 지역은 정치·사회·경제·사회제도뿐 아니라 문학에 있어서도 그 양상이 아주 달랐다.

이같은 역사적 배경으로 현재 중국대륙에서는 일본이 점령했던 지역의 문화와 문학은 별개의 것으로 취급하고 있다. 중국에서는 이 당시 일본이 점령하여 관할했던 점령구 지역에는 '가짜僞'라는 수식어를 붙여 위만주僞滿洲, 위화북僞華北, 왕징웨이汪精衛 꼭두각시漢奸 정부 혹은 중일전쟁 시기 '점령구淪陷區'로 지칭하며 이 특정한 지역의 문학을 '윤함구淪陷區 문학'이라고 일컫는다.

1937년 7월 일본군이 북경을 공격함으로써 8년간에 걸친 중일전쟁이 시작되었다. 중일전쟁의 발발은 극심한 좌우대립을 겪고 있던 중국 문학계의 판도를 크게 변화시켰다. 문학계는 이념문제로부터 항일이라는 민족주의적 문제로 활동방향을 전환하였다. 국민당 통치지역의 '항전문학'은 1930년대 좌익문학운동의 연장선상으로 문학의 독자성이 뚜렷한 반면에, 공산당 통치구의 문학은 마오쩌둥毛澤東의 '문예강화文藝講話' 노선을 충실히 따르는 본격적인 사회주의 문학으로 발전하였다.

항일 문학운동은 당시 대다수가 문맹 상태였던 노동자와 농민, 군인을 대상으로 파급효과를 거둘 수 있는 연극운동으로부터 시작하였다. 상해와 남경南京이 잇따라 일본에 함락된 뒤 연극인들을 중심으로 한 문인들은 중국 각지에서 무한武漢으로 모여들어 좌우를 가리지 않고 항일 연극단체를 결성하였다. 이에 1938년 3월 한구韓口에서는 좌우 진영의 문인들이 항일 구국활동을 위해 범문단 차원에서 전국 문인단체인 '중화전국문예계항적협회中華全國文藝界抗敵協會, 약칭 문협'를 결성하였다. 문협은 공산당의 적극적인 공작으로 탄생한 문인단체로 좌·우와 중도를 가리지 않고 많은 문인들이 참여하였다. 저우언라이周恩來가 명예이사로 임명되었고, 궈모뤄·마오둔·쉬디산許地山·바진·위다푸鬱達夫·정전둬 등이 이사로 임명되었다. 실제 활동을 총괄하는 책임자로는 중도적인 문인으로 존경받던 라오서가 임명되었다. 문협은 성립 선언을 통하여 '국내에서 민족의식을 호소하고 일본의 죄악을 선포하여 전 민족의 엄숙한 항일 정서와 삶을 형성'하겠다고 발표하였다. 문협은 기관지

『항전문예抗戰文藝』를 발행하여 문인들의 항일의식을 고취하고, 다른 한편으로는 '항전문예공작단抗戰文藝工作團'을 조직하여 항일전쟁을 주제로 하는 작품을 썼다. 또한 '문학은 시골로, 문학은 군대로'의 구호를 내걸고 다양한 항일 구국운동을 전개하였다. 문협은 작가단을 조직하여 전선과 후방으로 그들을 파견하였으며 농촌과 군대 안에서 열렬하게 항일 선전활동과 글을 가르치는 교육활동에 많은 노력을 기울였다. 이 문협의 성립이 바로 항전 아동문학의 새로운 장을 여는 역할을 하였다.

그동안 아동문학 활동 지역은 주로 상해, 절강浙江, 강소江蘇, 복건福建 일대의 동남연안 지역이 중심이었다. 특히 상해의 조계지는 영국과 미국 그리고 일본 사이의 갈등으로 특수하고 복잡한 환경에 처해졌기에 상해는 '고립된 도시孤島'가 되었다. 중일전쟁이 벌어지기 전의 상해는 아동문학 관련 출판사와 잡지 및 작가가 집중되어 있던 곳이었으나, 전쟁이 시작되면서 아동문학 잡지들이 폐간되고 폭격을 당하여 많은 작가와 편집자들이 다른 지역으로 흩어졌다. 미처 피난하지 못했거나 남아있던 아동문학 관련자들은 상해의 외국 조계지에서 다양한 방식으로 중일전쟁을 반영한 작품을 발표하였다.

'고도' 상황이 된 상해의 아동문학은 거의 소년출판사와 깊이 연결된다. 소년출판사는 1939년에 설립하여 여러 조건이 열악했음에

『신피노키오의 모험』(1937)

『어린 라리』(1940)

『들귀신』(1940)

〈그림 3-1〉 고도 상해에서 발간된 작품

도 많은 아동문학 작품과 『소년문예총간少年文藝總刊』을 발행하였다. 대표적인 작가로는 수수蘇蘇 또는 鐘望陽, 팡유주方友竹, 파오레이包蕾, 허이賀宜, 루리陸蠡가 있다. 이밖에 진런金人, 샤오핑笑蘋 등도 대표적인 작가로 꼽힌다. 이 중 수수의 작품으로 『어린 라리小癩痢』1938, 『안리安利』1939, 『신피노키오의 모험新木偶奇遇記』1940가 있다. 『어린 라리』는 중일전쟁 시기 시골 아이 라리가 계급적 압박과 민족의 수난을 통해 성장해 가는 내용을 담고 있다. 일본의 침략으로 점령된 한 마을에서 유격대의 교육을 받은 어린 소년 라리가 유격대를 위해 정보를 전달해주는 일을 한다는 이야기다. 당시 『어린 라리』는 비밀리에 발행되어 아이들 사이에서 엄청난 인기를 끌었고 짧은 시간에 몇 차례나 인쇄를 거듭했다. 이 책의 영향으로 어린이들이 항일투쟁에 가담하는 효과가 나타났고, 이는 아동문학사상 극히 드문 현상으로 평가받고 있다.

『신피노키오의 모험』은 이탈리아 작가 카를로 콜로디의 『피노키오의 모험』의 모티브를 차용한 동화이다. 이 동화는 당시 일본 침략자와 앞잡이들의 악행을 신랄하게 드러내고 폭로하는 내용으로 이루어져 졌는데 어린이들에게 항일에 대한 의지를 고취시키고 용감한 투쟁정신을 배양하였다. 『어린 라리』와 『신피노키오의 모험』은 어린이들의 사랑을 받아 상해와 소련 텔레비전에서 연속극으로도 방영되기도 하였다.

허이는 오랫동안 아동문학 창작을 통해 그 성과를 인정받고 있는 작가이다. 허이의 『들귀신野小鬼』은 작가 자신이 고도 상해에서 보고 들은 것을 바탕으로 쓴 작품이다. 주인공은 어민의 아들인 투건土根으로 1937년 겨울 일본이 항주에 상륙한 후 겪은 내용을 담았다. 투건은 일본 치하에서 고단한 생활을 하다가 집과 가족을 잃은 후, 일본에 대한 원한을 품고 마침내 중국 공산당이 이끄는 항일 유격대에 가입한다. 여기저기 들귀신처럼 떠돌던 투건이 단련을 통해 전사로 성장한다는 이야기로 항일전쟁 시기의 상해 인근 아동들의 생활과 투쟁을 잘 묘사하였다.

아동문예 간행물로는 수수와 팡유주가 합작한 『아동도서兒童讀物』와 허공차오何公超 등이 편찬한 『아동일보兒童日報』, 상해문화 생활출판사의 『소년 도서少年讀物』를 들 수 있다. 그리고 아동문학 부속잡지로는 수수가 맡은 『매일역보每日譯報』의 『아동주간兒童周刊』이 있었다.

이 중 반월간지 『소년 도서』는 루리를 편집장으로 하여 항일을 목적으로 만든 잡지이다. 이 잡지의 구성은 자연과학, 사회과학, 문예로 이루어졌고 문학은 항일구국을 선전하는 내용이었다. 바진은 이 잡지의 주요 투고자로 그는 창간호에 「전사가 되라做一個戰士」는 글을 통해 격정어린 어조로 아동들에게 '전사'가 되라고 부르짖었다. 그러나 『소년 도서』는 항일의 죄명으로 폐간되면서 1941년 루리는 일본 헌병대에 체포되어 30대의 젊은 나이에 살해되었다고 알려져 있다.

이 당시는 무엇보다도 아동극 분야의 활동이 가장 왕성하였다. 유명한 아동극단으로는 '어린이 극단囡囡劇社', '중국 모범아동극단中國規範兒童劇團', '충예극단忠藝劇團 아동부', '여자극단女子劇團'을 들 수 있다. 이 중에서도 '어린이 극단'이 창작한 아동극의 작품이 가장 많았고 성과도 뛰어났다. '어린이 극단'은 상해여자 중학교 교사와 초등학교 교사들이 조직하여 창립되자마자 공산당 지도부의 관심을 받게 되었다. 이 극단은 상해에서 설립된 지 몇 개월 만에 〈전선에서火線上〉, 〈친일파를 잡다捉漢奸〉, 〈적을 물리치고 고향으로 가다打回老家去〉, 〈네 채찍을 내려놓아라放下你的鞭子〉 등의 연극으로 대중의 큰 호응을 받았다.

가장 영향력이 컸던 극작가는 공산당 지하당원인 파오레이로, 1938년 '초등학교 교사 연합회'가 창간한 간행물 『착한 어린이好孩子』

에 매번 아동극 한 편씩을 실어 항일구국의 민족정신을 선전했다. 파오레이는 1938년 10월부터 1939년 여름의 반년간 10편의 아동극을 창작했고 후에 『조국의 자녀祖國的兒女』라는 제목으로 책을 펴냈다. 여기에 실린 작품은 모두 항일구국 사상에 대한 내용으로 어린이들에게 애국주의 정신을 불러 일으켰다.

파오레이는 상해 '고도' 기간 동안 아동극 〈설야몽雪夜夢〉을 창작하기도 했다. 〈설야몽〉은 안데르센의 「성냥팔이 소녀」에서 모티브를 취해 하룻저녁 사이에 일어나는 이야기를 다루고 있다. 〈설야몽〉은 유랑하는 아이 둘이 눈보라 치는 밤 장작불이 약해지는 와중에 꿈의 세계에서 항일근거지에 도착하여 아동복무단에 참여한다는 내용이다. 이 작품이 많은 관중들에게 엄청난 감동을 안기며 항일의식을 선전한 탓에 1941년 일본이 상해를 점령하면서 금서로 지정하였다.

시인으로는 진런이 대표적인데, 그의 아동시는 사상이 진보적이고 혁명성을 띠었다. 그의 아동시 대부분의 제재는 현실이었고 주로 구사회에서 압박받는 학생들과 여자아이, 유랑아들의 비참한 생활을 그렸다.

2. 국민당 통치지역의 아동문학

중일전쟁 초기에 아동문학 관계자들은 상해에 남거나 상해를 벗어나 무한, 계림으로 갔다. 역사가 깊은 아동잡지 『아동세계』는 부득이 정간할 수밖에 없었다. 다른 아동잡지의 경우도 상황은 크게 다르지 않았다. 또 전쟁으로 인해 물가가 오르고, 종잇값이 폭등하였으며, 사람들은 뿔뿔이 흩어졌고, 국민당 정부의 통제도 받아야 했다. 그러나 아동문학 종사자들은 어려운 환경 속에서도 작품을 창작하고 출판을 지속했으며 아동극단을 조직하였다.

상해가 일본에 점령된 후 대부분의 잡지는 정간되었으나 후방의 일부 간행물은 임시로 간행되었다. 이 시기 대다수 아동문학 작품은 중일전쟁을 제재로 하여 민족의 위기와 사회현실의 불합리, 아동생활의 고난을 담은 내용이 많았다. 민족의 존망이 달린 현실에서 애국정신에 대한 주제가 담긴 아동극, 동화, 시들이 주로 발표되었다.

중일전쟁 초기인 1938년에는 무한에서 쑹윈빈宋雲彬, 마오둔, 예성타오가 편집을 맡은 『소년선봉』 월간과 스이適夷가 편집을 담당한 『항전소년순간抗戰少年旬刊』이 발행되었다. 이후 1939년 계림에서는 『소년전선少年戰線』과 『아동공작兒童工作』의 간행물이 발행되었다. 중경과 장사長沙에는 같은 이름의 『항전아동抗戰兒童』이, 중경에는 『소

『항전아동』(1940) 1권1기 창간호　『항전아동』(1940) 1권 3기　『항전아동』(1940) 1권 4기

〈그림 3-2〉 『항전아동』 표지

국민小國民』과 『아동세계』가, 계림에는 『아동공작』, 『소국민』, 『신아동新兒童』, 광동廣東에는 『어린이 종대孩子縱隊』, 광동 매현梅縣에는 『부녀와 아동婦女與兒童』, 복건 영안永安에는 『현대아동』이 출간되었다. 이 시기에는 항일을 선전하는 잡지 외에도 일반 아동 간행물로 마오둔이 주편을 맡은 『문예진지文藝陣地』, 루옌魯彥이 담당한 『문예잡지文藝雜誌』, 스마원선司馬文森이 편집을 맡은 『문예생활文藝生活』도 있었다. 또 르뽀문학인 비예碧野의 『아동대원의 죽음兒童隊員之死』, 제무런桀木人의 소설 『아버지를 돌아오게 하자叫爸爸回來』, 장커자臧克家의 『십육세의 유격대원十六歲的遊擊隊員』등의 작품도 발표되었다.

장편동화로는 『소년선봉』에 연재를 시작하였다가 후에 『문예잡지』에서 출판한 장톈이의 『황금오리 제국』을 역작으로 꼽을 수 있다. 이 작품은 아주 과장된 예술수법을 사용하여 자본주의 세계의 착취와 압박을 다루었다. 또 저명한 작가인 라오서는 1943년 중경에서 중편동화 「작은 목두인小木頭人」을 썼다. 황칭윈黃慶雲은 동화 「야래향夜來香」과 「달빛 소녀月光的女兒」를 아동소설로는 광산 노동자들을 위험에서 구하기 위해 자신을 희생한 어린 노동자를 다룬 『두 기적 소리兩個汽笛』를 창작하였다. 그리고 침략전쟁으로 아동의 평화로운 생활이 무너지는 현실을 다룬 「태양을 파묻었다埋葬了陽光」도 집필하였다. 황칭윈은 아동의 눈으로 아동세계를 관찰하여, 아동심리로 세상을 해석하였는데, 그녀의 작품은 구성이 참신하고 자연스러울 뿐 아니라 수법이 뛰어나 자신의 창작 특색을 잘 형성했다는 평가를 받는다.

중경, 곤명, 계림 등지에서 생활하던 시인들은 전선의 아동생활에 주의를 기울여 열정적으로 민족 존망의 시기에 영웅적으로 적과 맞선 아동을 노래했다. 중경의 『신화일보新華日報』는 격정적인 작품들을 다수 실었다. 이 가운데 가오민푸高敏夫의 「오빠는 말타고 일본을 무찌르네哥哥騎馬打東洋」, 톈공田工의 「어린이초병孩子哨兵」, 루샤오샹陸紹祥의 「아이들의 원한孩子的恨」, 거위戈予의 「어린초병小哨兵」과 「어린이들에게給孩子」가 대표적이다. 시인 왕야핑王亞平은 장편서사시 「어린 백마小白馬」를 창작하였다. 1920년대에 시의 대중화를 시도한 타오싱즈는 이때도 여전히 이해하기 쉽고, 자연스러우며,

철저한 구어체로 그 만의 독특한 풍격을 실현하였다. 그의 아동시에는 후방정치의 부패를 비판하고 민주를 절절히 호소하는 진지한 내용이 담겨있다.

이 시기에는 아동극단이 각지에서 생겨났다. 1940년 통계에 의하면 국민당 통치지역의 아동극단은 160여 개로 이들은 전투를 독려하는 나팔수와 같은 역할을 했다. 개인 창작, 집단 창작, 극단 자체 편집과 공연 등의 형식으로 아동극단이 운영되었다. 연극의 줄거리는 전시의 아동생활이었으며 작품의 주제는 항전을 지속하고, 투항에 반대하며, 단결을 고수하고, 분열을 반대하며, 진보를 굳건히 실천하고, 후퇴를 반대하는 방침을 선전하는 내용이었다. 마오둔은 이들 아동극단을 "항전의 피바다 가운데 피어난 한 떨기 진귀한 꽃"이라고 극찬하였다.

1932년 상해 호동공장 지역의 노동자 자녀 학교에서 만들어진 '어린이 극단'은 상해가 함락된 후 몇십 명의 단원을 데리고 남경, 정주鄭州 등을 거쳐 무한에 도착하였다. 이후 공산당 지도부와 문화계 인사들의 지원 아래 〈유랑아流浪兒〉, 〈우리 유격대를 돕자幫助咱們的遊擊隊〉, 〈가두街頭〉 등의 아동극을 공연하여 대중들의 환영을 받았다. 이후 무한마저 함락되자 다시 중경, 천동川東, 천남川南, 천북川北 등의 작은 시골로 가서 아동극 활동을 벌이기도 했다. 중경에서는 국민당 정부의 압력을 견뎌낸 내용을 담은 3막 5장의 〈낙원행진곡樂園行進曲〉과 장톈이 동화 「대머리 대왕」

을 〈원숭이 대왕猴兒大王〉으로 제목을 바꾸어 공연하기도 했다. 「대머리 대왕」은 풍자성이 짙은 내용이었기에 장제스를 지칭한다는 의혹때문에 국민당의 감시를 피하기 위해 제목을 바꾸어 상연하였다. '어린이 극단'은 이밖에도 일본의 잔학한 폭행과 항일에 대한 내용의 공연을 통해 많은 아동을 교육하였다. 이들은 소규모로 조직을 만들어 사천四川 각지를 돌며 대중들 속에 아동극을 보급하고 항일 의식을 고취하는 데 힘썼다. '어린이 극단'의 활동에 영향을 받아 전국의 아동극단들도 뒤따라 아동선전대를 만들었고, 이로써 많은 어린이들이 거리나 시골에서 항일 선전활동을 하였다. 1938년 5월 1일에 설립한 장사 아동극단은 톈하이난田海男이 중심이 되어 집단 창작을 하였다. 그리고 정중런鄭重任의 연출로 〈중화아동의 피中華兒童血〉, 〈포화 속의 아이砲火中的孩子〉, 〈큰 교실로 가다到大教室中去〉 등의 작품으로 많은 사람들의 열렬한 호응을 받았다.

1939년 곤명의 동제同濟 대학 학생이었던 둥린컨董林肯은 '곤명 아동극단昆明兒童劇團'을 조직하였다. 여기에는 진보적인 초등학교 교사들이 합류하여 많은 아동극을 창작하여 거리극인 〈재난의 아이難童〉를 공연하기도 했다. 〈재난의 아이〉는 3명의 가정이 파괴된 아이들이 적지를 벗어나 항전 유격대가 되어 적 내부의 사정을 살피는 간첩활동을 다룬 3막극이다. 작품에 등장하는 여자 주인공 리즈화李芝華는 지략과 용기로 유격대가 지시한 임무를 완성한 후, 피바다 속에 누워 오빠, 남동생과 작별을 하고, 유해가 국기로 덮이는 장면으로 연극의 막이 내린다. 이 작품은 '곤명 제1회 연극의 날'에 공연되어 성공을 거두었고 여러 신문에서도 평론을 발표하였다. 이들은 1940년 아동절에 단막극인 〈잠겨진 상자鎖著的箱子〉, 〈비화곡飛花曲〉, 무언극인 〈승진加官〉을 창작하여 상영하기도 하였다.

이처럼 많은 아동극의 공연으로 인해 이 시기 아동잡지에서는 아동극본을 중시하였다. 1938년에 창간된 항일선전 순간旬刊 잡지 『어린 전사小戰士』에는 저우소周蘇의 〈신문파는 아이賣報童子〉, 완밍잉萬明瑛의 〈적을 물리쳤다敵人打退了〉, 좐페이展飛가 쓴 〈잃어버린 땅의 아이들失地上的孩子們〉이라는 극본이 실렸다. 이밖에도 천한중陳漢中이 쓴 샤먼지구의 아동이 적을 죽인 내용을 담은 〈샤먼의 세 아이廈門三兒童〉가 어린이들의 큰 호응을 얻었다.

그러나 이 시기의 아동극은 많은 성과가 있었음에도 제재나 표현은 다양하지 않았다. 일부 평론가들은 '대부분 친일파를 대상으로 총명한 어린이에 의해 마지막으로 승리를 거두는 천편일률적'인 작품이거나 '아동들이 주고받는 대화가 모두 성인의 말투'라고 비판하였다.

『어린 전사』 1권 1기

『어린 전사』 1권 2기

『어린 전사』 1권 3기

『어린 전사』 1권 4기

〈그림 3-3〉『어린 전사』 표지

3. 공산당 통치지역의 아동문학

공산당 통치지역이하 해방구의 아동문학은 국민당 통치지역과는 완전히 다른 길을 걸었다. 해방구 아동문학의 직접적인 원류는 중화 소비에트공화국에서 불려진 아동들의 동요였다. 해방구 아동문학은 아동의 애국주의 정신과 공산주의 도덕성을 기르고자 하는 분명한 교육 방향이 있었다. 그렇지만 계급이 서로 대립하고 옛 제도를 비판하며 새로운 혁명사상 전달에 치중한 내용들로 이루어져 있어서 전반적으로 작품성이 뒤떨어졌다.

현실 생활을 반영하고 항일투쟁에 몸담은 어린 영웅을 묘사한 아동소설로는 여류작가 딩링丁玲의 『쏘지 않은 한 발의 총탄一顆未出膛的槍彈』과 쥔칭俊青의 『어린 정탐원小偵探員』이 있다. 그리고 해방구를 근거지로 한 아동문학 창작은 옌원징嚴文井의 동화 『사계절의 바람四季的風』와 화산華山의 『긴급한 편지雞毛信』, 관화管樺의 『위라이는 죽지 않았어雨來沒有死』, 황구류黃谷柳의 『샤츄 이야기蝦球傳』 등이 있다.

『긴급한 편지』, 『위라이는 죽지 않았어』, 『샤츄 이야기』는 당시에 유명했던 아동소설로 앞의 두 작품은 해방구에서 창작했으며, 『샤츄 이야기』는 홍콩에서 출판되었다. 여기에 등장하는 영웅들은 비록 십여세의 아이들이지만 조국을 지키기 위한 전투에서 큰 업적을 세우는데 이는 많은 아동들을 교육하고 고무하는 역할을 했다.

〈그림 3-4〉『아동가요』(1933)

〈그림 3-5〉『사츄 이야기』(1948)

해방구 아동의 생활은 물질적으로는 열악한 환경이었지만 해방된 공간의 새로운 인간형과 새로운 세상을 그린 이상주의 작품들이 많이 창작되었다. 해방구 아이들이 보초를 서고, 정보를 전달하며, 야학에 가는 등의 내용을 담은 작품의 기조는 명랑하고 유쾌하였으며, 이상적인 느낌으로 가득찼다. 또 혁명의 내용과 왕성한 정신에 상응하기 위해 해방구 아동문예의 예술형식에는 많은 탐색이 이루어졌다. 무엇보다도 공산당이 장정을 거쳐 도착한 연안의 해방구는 농민들에게 파고들어야 했기에 민간문예의 자양분을 받아들여 아동문학의 예술형식에 있어서도 이를 반영하였다.

이 때문에 아동문학은 대중적인 문예 형식을 살려 언어는 쉽고 소박하여야 했으며 인물성격도 선명하게 처리해야 했다. 이렇게 민간문예를 발굴하여 아동문예를 창작했던 경험은 중화인민공화국 성립 이후에도 중요한 밑거름으로 작용하였다.

1946년 5월 1일에는 소북蘇北 해방구의 회인淮陰에서 '화중소년 출판사華中少年出版社'가 세워졌다. 이는 해방구에서 제일 먼저 세워진 전문적인 아동도서 출판사로 모두 20세 미만의 청소년들이 업무를 수행하였다. 사장은 줘린左林, 부사장은 장위張漁, 총편집장은 런간任幹이었다. '화중소년 출판사'는 『소년화보少年畫報』와 『화중소년華中少年』을 발간하였고, 해방구의 아동문학을 위해 소년문학 고문회少年文學顧問會를 조직하여 적극적으로 활동하였다.

1946년 6월 25일에는 진익노예변구晉冀魯豫邊區의 형태邢台에서 양쥔楊俊, 장더푸張德甫가 주관하는 『아동잡지』가 출간되었다. 섬서陝西·감숙甘肅·영하寧夏 변경지역의 수덕분구綏德分區 문화협회에서도 『신소년新少年』을 발간하였다. 이들 아동잡지 외에도 1946년 연안의 신화서점新華書店에서는 『아동고사』·『아동가요』·『아동작문』·『아동일기』의 『신아동소총서新兒童小叢書』를 발행하였다.

아동극 역시 크게 발전하였다. 1947년 연안 청년예술극원青年藝術劇院에서는 동북의 9세부터 12세의 아이들을 모집하여 아동대兒童隊를 조직하였다. 이들은 〈아동 위문대兒童勞軍〉·〈쟁년화爭年畵〉·〈아빠가 참전하다爸爸參軍〉·〈진군무進軍舞〉·〈세균을 없애자消滅細菌〉·〈뱀잡기打蛇〉 등의 아동극과 중국 북방의 농촌 지역에서 널리 유행하던 앙가극秧歌劇을 공연하였다. 아동시도 성과가 높았는데 해방구에는 전문적인 문예인들이 창작을 맡았다. 해방구는 인민정권이었기에 백성이 해방되어 주인이 되고, 민간에서 당과 지도자, 해방군대를 칭송하는 제재가 많았고, 이 가운데는 민속적인 동요도 있었다. 동요에는 토지개혁으로 백성들에게 기쁨을 주었다거나 공산당 지도자를 찬양하고, 인민해방군의 강인함과 장제스 및 미국을 풍자하는 내용이 담겼다.

해방구를 근거지로 한 동요로는 류위劉禦의 노래가 가장 많이 알려졌다. 류위는 『신가요新歌謠』·『변경지구 아동의 이야기邊區兒童的故事』·『아동가요兒童歌謠』 등을 펴냈다. 특히 류위의 작품은 민간의 동요와 이야기를 흡수하여 소박하고 평이하며 명쾌하였기에 읽고 외우기가 쉬워서 아동 학습용으로 쓰였다. 그는 지식과 교육성을 중시하여 아동의 심리적 특징을 잘 반영하였다. 이 가운데 「어린 목동小放牛」은 민간에서 추던 춤을 잘 개작하여 생동감 있으면서도 익살스러워 어른과 아동에게 두루 호평을 받았다.

해방구의 아동문학은 역사적 사명감을 강조해 당과 지역 정부가 아동에 대한 임무를 중요시하였다. 이에 여러 조건의 열세에도 『변경지구 아동邊區兒童』·『서북 아동西北兒童』·『청년과 아동青年與兒童』·

『아동문예兒童文藝』·『신아동新兒童』·『아동의 벗兒童之友』·『아동생활兒童生活』 등의 잡지가 창간되었다.

『변경지구 아동』은 초등학교 보충교재로 출판된 반월간지로 1호 출간 3개월 후에 2호 발간을 끝으로 정간되었다. 이 잡지는 비록 발행 기간은 짧았지만 그 편집방침이 새롭고 독특했다. 내용에는 시사와 만화, 일기, 통신, 시가, 소설, 이야기, 그림, 오락 등이 담겼다. 또 미신 타파에 관한 이야기와 글을 깨우쳐야 한다는 가사를 담은 동요, 지혜를 드높이는 우스운 이야기와 수수께끼도 있었다.

『아동생활』은 해방구 지역에서 가장 오랫동안 지속된 아동잡지이다. 이 잡지는 1941년 겨울에 창간되었다. 잡지의 편집인들은 중국 공산당의 지휘 아래 항일구국 선전을 위해 만들어진 청소년 문예단체인 '신안 여행단新安旅行團' 단원들이 대부분이었다. 때문에 18세에 불과한 편집인도 있었다. 잡지의 내용은 해방구 근거지의 아동생활과 소년들이 전쟁에 가담하여 외치는 구호로 도배되다시피 하였다. 그리고 매 호마다 전쟁 영웅 이야기와 혁명 역사, 모범 아동단과 아동단원의 이야기를 실었다. 주요 작품으로는 수수의 「앙가 무용을 상해까지 유행시키기把秧歌舞掃到上海去」와 옌원징의 중편동화 「딩딩의 이상한 여행丁丁的一次奇怪的旅行」이 있다. 딩딩은 초등학교 2학년 여학생으로 공부는 잘하지만 소심하고 잘 우는 아이였으나 친구들의 도움을 받아 용감한 아이가 된다는 이야기다.

1946년 연안의 『해방일보解放日報』에는 아동문학 성격을 띤 「소년부대一支小年隊」라는 글이 실리기도 하였다.

이 시기에 아동문학이론에 관한 글이나 평론은 아주 빈약하여 내세울게 없었다. 1946년 신화서점이 출판한 『아동 수수께끼兒童謎語』가 나온 후 1948년 12월 10일 『변구교육통신邊區教育通訊』에 신안팅辛安亭의 「아동수수께끼를 논함」이라는 글만이 있을 뿐이었다. 위의 글에서 신안팅은 수수께끼의 효과, 선택 기준, 교육방법 등을 논술하였다.

4. 내전시기 아동문학 활동

항일전쟁이 끝나자 후방에 있던 많은 아동문학가들이 돌아오면서 상해는 다시 아동문학 중심지가 되었다. 1946년 당시 국민당이 점령했던 상해를 비롯한 북경, 천진天津 등의 도시에서는 아동 및 여성잡지의 발행이 중지된 상황이었다. 중화서국中華書局 등의 출판사에서는 민족 영웅을 높이는 도서와 탐정소설 등 환상성이 풍부한 작품들을 출판하고 있었다.

이러한 가운데 1946년에는 공산당 지하조직이 주도하여 『신소년보新小年報』를 창간하였다. 『신소년보』는 독자들과 긴밀하게 연결되어 각종 활동을 전개한 점을 특징으로 꼽을 수 있다. 『신소년보』는 적극적으로 조직을 만들어 여러 가지 활동을 벌였으며 독자들을 대상으로 혁명교육을 하여 투쟁에 참여하도록 이끌었다. 『신소년보』는 창간 초기에 독자들을 무척 중시하여 어린이 통신원, 어린이 발행인, 어린이 기자 등을 구성하여 주로 노래극, 책 읽기, 방문조사, 토론, 연합회, 좌담회, 여름 캠프 등의 활동을 벌였다. 이 각종 활동은 모두 당시 공산당 지하조직이 관여하여 학생운동과 결합한 것이었다.

『신소년보』는 100기를 끝으로 국민당 당국에 의하여 1948년 12월 2일 정간되었다. 그러나 이 잡지가 소년과 아동들에게 미친 영향은 아주 컸다. 아동들은 손수 돈을 모아 『현대소년現代少年』·『학생시대學生時代』·『어린 새싹幼苗』·『시대소년時代少年』 등의 인쇄물을 만들어 혁명 선전활동을 계속하였다.

1947년 10월 상해에서 공산당 지하조직은 다시 단행본 형식의 『동화연총童話連叢』을 창간하였는데, 장르는 주로 창작동화였다. 『동화연총』의 창간 목적은 좋은 동화로 나쁜 동화를 대체하고, 아동을 총명하고 용감한 아이로 만들어 넓은 지식을 제공하고 사회현실을 제대로 알아서 '함정'에 빠지지 않고 서로 단결시키는 것이었다. 『동화연총』에 실린 작품은 주로 사회현실의 어두운 모습과 사람들의 고통과 재난을 드러내면서 해방구 지역 사람들의 자유롭고 행복한 생활과 미래 중국의 희망을 보여주는 내용이었다. 그리고 과학지식 및 학습과 관련된 내용을 싣기도 했다.

『동화연총』은 동화의 제재와 체제, 형식에 새로운 창조와 시도를 하였다. 구성은 동화, 전설, 민담, 동화산문, 동화시, 우화, 과학동화, 동화극, 동요 및 동화색채를 띤 사회신문들로 꾸며졌다. 또 편집자가 직접 작품에 대한 평가를 하기도 하였다. 『동화연총』은 매 번 발행할 때마다 책 이름을 달리하여 출판하였다.

1946년 5월 24일 천보췌이, 리차오차이李楚材, 허공차오, 처우중仇重, 허이, 선바이잉沈百英, 진진金近, 황이칭黃衣靑, 한췬韓群 등의 진보적 아동문학 종사자들은 학술과 전투성을 함께 지닌 '중국아동도서작가 연합회'를 만들었다. 이후 '중국'이라는 용어의 범위가 지나치게 넓고 대부분의 아동문학가들이 상해에 있었기에 '상해 아동문학종사자 연합회'로 개칭하였다. 이들 아동문학 종사자들은 단결하여 전투적으로 공동의 소망을 표현하였다.

3년여의 시간에 걸친 이들의 역할을 정리해보면 다음과 같이 정리할 수 있다.

첫째, 아동도서 좌담회와 필담회를 주관하였다. 소규모 모임은 평균 월 2회 혹은 1회 열었고, 비교적 큰 모임은 1946년에 한 번, 1948년에 두 번, 그리고 1949년에 한 번 진행하였다. 1946년 11월 11일에 열린 좌담회에서는 「연환화連環畵의 창작 문제」라는 제목으로 연환화가 아동 및 일반인들에게 미친 영향, 연환화의 단점, 연환화를 개혁하는 방법 및 창작 방법 등을 논의하는 토론회를 열었다. 1948년 10월 9일에는 천보쉐이가 주관한 「아동도서의 글자와 용어문제」에 관한 좌담회가 열렸다. 1948년 12월 27일에는 다시 천보쉐이에 의해 높은 평가를 받은 둥린컨의 아동극 〈어린 주인小主人〉을 중심으로 「〈어린 주인〉과 아동극」에 관한 좌담회를 개최하여 작품의 우수한 점과 부족한 점, 감동을 주는 부분, 교육적 효과 등을 논의했다.

이후 1949년 초에는 필담 형식으로 『중화교육계中華教育界』에 아동도서가 반드시 묘사해야 하는 암흑의 문제에 관한 논전을 벌였다. 이 토론에 참여한 10여 인은 아동문학가는 가난과 어두움을 폭로하는 책임을 회피하지 않아야 하고, 아동 대중이 투쟁하여 승리로 가는 길을 제시하여야 한다고 결론 내렸다. 이외에도 『문회보文匯報』·『대공보大公報』 등의 각종 잡지에 아동도서에 관한 각종 문제에 대한 글을 실었다.

둘째, 1947년 4월 2일구 아동의 날에 연합회가 주최하여 아동도서 전시회를 열었다. 여기에는 소련을 비롯한 여러 나라의 아동도서 500여 권, 연환화 도서 200여 권, 청나라 말부터 최근 출판된 교과서, 동화·시·소설·극본·음악·신문·잡지 등의 일반 도서, 벽보·작은 책·화집 등의 아동 작품, 연구서적 등이 전시되었다. 전람회는 2주일간 계속되어 일반인들이 아동도서에 관심을 갖도록 유도하였다. 당시 『문회보』·『대공보』도 '전람회 특별호'를 발간하여 많은 도서를 소개하였고, 토론을 개최하기도 하였다.

셋째, 간행물과 아동문예 활동에서 중요한 역할을 담당하였다. 이들은 본래 아동도서의 작가, 편집자들이었기에 간행물을 이용하여 투쟁할 수 있는 이점을 지니고 있었다. 당시 중국의 3종의 아동신문과 10여 종의 잡지, 수백 권의 단행본은 거의 연합회 회원의 손에서 탄생하였다. 이 가운데 비교적 영향력이 컸던 잡지에는 『어린이』, 『대공보』의 부속지인 『현대아동』, 허이 주편의 『동화논총童話論叢』 처우중과 옌다춘嚴大椿이 편집을 맡은 『아동잡지兒童雜誌』가 있었다.

이밖에도 연합회는 『대공보』·『문회보』·『시대일보時代日報』 등의 신문에 여러 차례 아동문학 특별호를 만들었다. 1948년 4월 1일 『대공보』와 『시대일보』에 발표한 「아동의 날 특집호」는 그 영향이 무척 컸다. 여기에는 앞으로 아동문학은 반드시 현실을 마주하여 추악한 현실과 싸우는 용기를 지녀야 한다는 주제의 글을 실었다.

넷째, 연합회는 회원들의 집단적인 토론과 평가를 통해 동화와 우화·시·소설·산문 등을 골라 『1948년 아동문학 창작선』을 1949년 12월 중화서국에서 발행하였다.

다섯째, 당시의 사회투쟁에 참여하여 연합회 명의로 두 차례의 선언을 발표하였다. 1948년 6월 4일 미국의 주중대사인 존 레이튼 스튜어트John Leighton Stuart, 1876~1962가 발표한 성명이 중국 국민을 위협하는 것으로 간주하여, 각종 문예형식으로 아동잡지와 신문에 미국이 일본을 돕는 의도와 진상을 폭로하였다. 그리고 6월 20일에는 30여 명의 회원들이 '일본을 돕는 미국에 반대反美扶日'하는 서명을 통해 스튜어트의 성명을 반박하였다. 이처럼 '아동독서 연합회'는 3년여 동안 활동하면서 많은 역할을 하였다. 연합회는 중화인민공화국 성립 후에는 완전히 공개적으로 '협회'라는 명칭으로 활동을 이어나갔다.

천보쵀이는 '아동독서 연합회' 발기인으로 아동문학과 관련된 좌담회를 여러 차례 개최하였다. 그리고 『어린이』와 『대공보・현대 아동』 부속지의 편집을 담당하였고, 창작도 병행하였다. 또한 『대공보』와 『중화교육계』에 「아동도서의 형식 문제」, 「아동도서에 대해 논하다」, 「아동도서의 검토와 전망」이라는 논문을 발표하기도 했다. 그는 아동도서가 아동의 건강한 성장과 밀접한 관계가 있으므로 아동문학가들이 이를 외면해서는 안된다고 주장하였다. 천보쵀이의 동화로는 「비겁한 허수아비不勇敢的稻草人」, 「주머니 없는 캥거루一隻沒有袋子的袋鼠」, 「선로를 벗어난 기관차不上軌道的小火車頭」, 「연못 속 네 마리 청개구리井底的四隻小青蛙」 등이 있다.

허공차오는 상무인서관에서 여러 신문의 편집일을 하다가 『아동일보』 편집장이 되었고 『아동세계』 반월간의 편집도 맡기도 했다. 그가 창작한 아동소설, 우화, 아동극은 모두 쉬운 문장을 사용하면서도 아동의 심리를 잘 읽어냈고, 그의 동화에는 현실을 생생하게 반영한 작품이 많다. 그의 「찬얼 투쟁기蠶兒苦鬪記」는 농촌 경제가 피폐해지는 실상을 잘 묘사했으며 시대에 역행하는 장제스 통치를 반영한 「황제의 금 두루마기皇帝的錦袍」를 창작하기도 하였다.

진진은 1937년 『어린이』에 첫 번째 동화를 발표했다. 중일전쟁이 시작되고 중경의 한 고아원에서 일하면서 그는 어렵고 힘든 아이들과 생활하며 아동문학에 관심을 가졌다. 그의 동화는 모두 사회현실과 깊이 관련되어있으며 정치투쟁에 대한 내용을 담고 있다. 그의 대표적인 동화인 「붉은 귀신 가면紅鬼臉殼」에는 이러한 주제가 잘 담겨져 있다. 마호국이라는 나라의 국왕은 매년 한 차례씩 추첨을 통해 신하들에게 가면을 내려준다. 가면은 모두 여섯 등급이 있는데 신하들이 가면을 쓰게 되면 제멋대로 할 수 있는 권한이 주어진다. 이 가운데 가장 높은 등급에 해당하는 붉은 귀신 가면을 받으면 큰 부자도 될 수 있다. 가면을 쓴 대신들은 여기저기 돌아다니며 온갖 악행을 벌인다. 백성들은 기아와 고통에 시달리다가 견디지 못하고 힘을 합쳐 대항한다. 궁지에 몰린 대신들은 높은 건물로 피하여 올라가지만 결국에는 서로 눌리고 깔려서 모두 죽고 만다. 이외에도 진진은 시를 창작하기도 했는데 그의 아동시는 민간 가요의 영향을 받아 언어가 소박하고 매끄러웠다. 그의 시는 동화시 형식을 빌려 상상과 이야기성의 특징을 잘 살려냈다는 평가를 받는다.

5. 아동문학 작품번역의 양상

이 시기에는 전쟁으로 인한 사회적 분위기가 좋지 않아 번역 활동이 무척 힘든 상황이었다. 이에 규모는 비록 작았지만 동화를 중심으로 번역이 이루어졌다. 1920년대에는 유럽과 미국의 아동문학이 중국 문학계에 많은 영향을 주었다. 이는 유럽과 미국의 모습이 당시 신문화운동의 반봉건적 주제와 일치했기에 전통적인 중국 문화를 뒤흔들었다. 그러나 이 시기에는 아동문학의 번역 양상이 유럽, 미국 및 아시아 국가에서 점차 소련 사회주의 아동문학으로 관심이 옮겨졌다. 사회주의 소련의 아동문학은 서구 자본주의 국가와는 내용과 형식이 확연히 달랐다.

소련의 아동문학은 1930년대 초 문학계의 관심을 크게 집중시켰다. 초기에는 루쉰과 마오둔이 소련의 아동문학을 번역하고 소개한 대표적인 작가였으나 이후에는 많은 작가들이 이에 동참하였다. 시인이자 번역가인 샤오싼蕭三은 "소련 아동도서는 아주 풍부하다. 유명한 아동작가와 시인을 살펴보면 소련 전역에서 엄청난 사랑을 받고 있는 사무이 야코프 예비치 마르샤크Самуил Яковлевич Маршак, 세르게이 블라디미로비치 미할코프Сергей Владимирович Михалков, 코르네이 이바노비치 추콥스키Корней Иванович Чуковский처럼 레닌 훈장이나 붉은 별 훈장을 받은 작가들이 있다. 또 전문적인 아동작가는 아니지만 막심 고리끼Максим Горький 이후로 유명 작가들도 아동문학 창작에 힘쓰고 있다. 전쟁 때에도 항전에 참가한 아동을 묘사한 작품과 출판물이 엄청나게 많이 쏟아졌는데 이로써 소련이 아동문학을 얼마나 중시했는지를 알 수 있다"고 하였다. 샤오싼은 소련의 풍성한 아동문학과 아동문학을 중시하는 현상을 통해 상대적으로 빈약한 중국 아동문학 상황을 안타까워하며 아동문학 작가들에게 소년 독자들을 잊지 말라고 당부하였다.

거이홍葛一虹은 『소련 아동희극』의 저서에서 소련 아동희극의 상황을 자세히 소개하였다. 그는 극장, 창작 사상, 창작 방법, 제재, 배우, 관중 등 각 측면에서 소련 아동극을 소개하였고, 아동문학 이론 문제도 평론하였다. 마오둔 역시 1936년 「아동문학은 소련에 있다兒童文學在蘇聯」라는 주제로 소련 아동이 얼마나 절박하게 아동도서를 원했는지, 아동문학 창작과 출판이 어떻게 당과 정부로부터 중시를 받게 되었는지를 소개하였다. 이러한 분위기에 힘입

〈그림 3-6〉『작은 차파예프』(1943)

어 소련 아동문학 이론도 널리 보급되었는데 그 내용은 다음과 같이 정리할 수 있다.

첫째, 확실한 교육적 방향성을 지니고 있었다는 점이다. 소련 아동문학의 궁극적 목적은 미래의 용감한 전사로 아동을 길러 신사회 건설에 이바지하게 하는 것이었다. 둘째, 아동문학의 제재가 달라졌다. 소련 아동문학은 특별히 나라를 지키고, 전 세계 사람들의 우의와 단결, 학교생활, 거리를 떠도는 유랑아를 교육하는 등의 제재로 현실을 반영한 리얼리즘를 추구했다. 셋째, 교육의 효과를 얻기 위해서는 유머와 흥미를 수반하는 교육방법이 필요함을 강조하였다.

번역된 소련 작품 가운데 소피아 모길레브스카야Sofia Mogilevskaya의 『작은 차파예프小夏伯陽』와 아르카디 가이다르Arkady Gaidar의 『테무진과 친구들鐵木兒和他的隊伍』이 대표적이다. 『작은 차파예프』는 공산당 조직의 지도 속에서 고도가 된 상해에 온갖 역경을 무릅쓰고 설립한 소년출판사에서 발간되었다. 1939년 6월부터 1941년 12월의 약 2년여 기간에 25여 종의 번역작품이 출간되었고, 이 가운데 6종의 소련 작품 중 하나가 『작은 차파예프』이다. 『작은 차파예프』는 소련 내전 중 11살의 어린 소년이 전쟁으로 아버지가 죽임을 당하자 강한 계급의식을 가지고 차파예프 부대에 참전한다는 이야기다. 어린 소년은 차파예프의 보살핌과 영향으로 험악한 환경에서도 훈련을 통해 차파예프가 길러낸 영웅이 된다. 『테무진과 친구들』은 1940년에 중국에 소개되어 독자들에게 강한 인상을 안겨주었다. 14세의 테무진이 아이들을 지휘하여 조국을 지키는 가정들을 남몰래 도와주면서 여러가지 좋은 일을 하고, 이기적인 생활을 하면서 사람들을 해치는 부랑아들과는 싸움을 벌여나간다.

이 두 작품의 제재, 주제, 표현수법은 당시 중국 아동문학에 큰 영향을 미쳤다. 『테무진과 친구들』은 어린이 독자들 사이에 큰 영향을 주어 작품에 등장하는 주인공의 이름을 본 딴 '테무진 운동'이 벌어지기도 했다. 이전의 작품에서 아동에게 보여준 인물이 임금과 왕자 공주, 그리고 가정이나 학교로부터 독립되지 못한 인격의 아이들이었다면 이들 작품에 등장하는 아동들은 국가, 사회, 전쟁과 긴밀하게 연결된 새로운 아동의 형상을 보여주었다. 이들 작품으로 인해 중국의 아동들은 혁명에 대한 열정을 갖게 되었다. 이처럼 소련 아동문학은 중국의 아동문학에 큰 영향을 주었고, 1930년대 초 문학계의 큰 관심을 받았다.

소련 작품 외에 많은 사랑을 받은 작품은 이탈리아 작가 아미

〈그림 3-7〉『사랑의 학교』(1948)

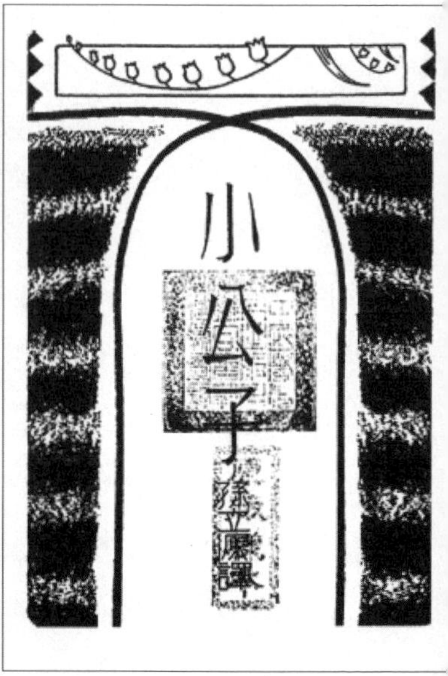

〈그림 3-8〉『소공자』(1931)

〈그림 3-9〉『로빈슨 표류기』(1932)

치스가 지은 『사랑의 학교』이다. 『사랑의 학교』는 1923년 중국에 소개된 이후 꾸준히 인기를 누렸다. 샤몐준夏丏尊의 번역본은 항일 전쟁 중에 여러 번 재인쇄되었다. 이 작품은 정치적 색채가 짙은 소련 아동문학과는 달리 인도주의에 입각하여 신선함을 안겨주었기 때문에 반응이 좋았다. 그리고 미국 버넷의 『비밀의 화원』과 『소공자』도 번역되었다.

영국 작가 디포의 모험소설인 『로빈슨 표류기』도 큰 인기를 끌었다. 『로빈슨 표류기』는 1931년 첫 발행 이후 수많은 번역본이 나왔다. 또 이탈리아 콜로디의 『피노키오의 모험』도 불량한 아이가 착한 아이로 변한다는 내용으로 인해 어린이들의 사랑을 많이 받았다. 이 작품 역시 여러 번역가들에 의한 다른 종류의 번역본이 발간되었으며 수십 차례에 걸쳐 재인쇄되기도 하였다. 바진은 오스카 와일드의 동화와 산문시를 번역하여 『행복한 왕자 모음』을 발행하기도 했다. 여기에는 「소년국왕」, 「스페인 공주의 생일」, 「행복한 왕자」, 「나이팅게일과 장미」 등 9편의 동화와 「예술가」, 「선을 행하는 사람」, 「제자」 등 7편의 산문시가 실렸다.

제4장

신중국 수립부터 문화대혁명 전1949~1966의 17년 시기

1. 새로운 아동문학의 형성

중일전쟁 이후 작가들은 공산당, 국민당 및 일본 점령지역으로 분열되어 정치적 혹은 문학적으로 반목하면서도 자신의 입장과 태도를 선택하여 자유롭게 활동하고 있었다. 이들은 보수파와 진보파, 좌파인 공산당과 우파인 국민당파 및 중도파로 갈라져 논쟁을 활발히 벌였다. 그러나 1949년 10월 1일, 마오쩌둥毛澤東이 중화인민공화국을 선포하면서 상황은 서서히 바뀌었다. 공산당의 완전 승리는 곧 공산당을 지지하였던 문인, 작가들의 승리를 의미하였고, 국민당을 지지하였거나 중립적 입장을 보였던 작가들은 상당수가 대만, 홍콩 등지로 떠났으며 중국대륙에 남아있던 작가들은 숨을 죽여야 했다.

1949년 중화인민공화국 수립은 문학사적으로도 큰 의미를 지녀서 중국에서는 이때부터를 당대 아동문학當代兒童文學이라고 부른다. 신중국 성립 이후 중국인들의 정신세계와 미적 관점은 많은 변화를 겪게 되었고, 이에 따라 당대 중국 아동문학도 새로운 국면으로 접어들었다.

신중국 탄생으로 아동문학 작가군은 주로 공산당이 통치한 지역의 해방구 작가들과 국민당 통치구에 있었던 혁명작가들의 두 부류가 주축이 되었다. 해방구 작가로는 옌원징, 수수, 줘린, 류위, 화산 등을, 국통구 작가에는 예성타오, 빙신, 장톈이, 가오스치, 천보췌이, 처우중, 바오레이, 허이, 진진을 들 수 있다.

신중국 사회주의 문학의 첫 번째 임무는 마오쩌둥 문예사상을 철저하게 학습하고 이를 관철하는 것이었다. 마오쩌둥 문예사상은 1942년 연안에서 발표한 것으로 문학은 정치를 위하여 봉사해야 하며, 작가들은 노동자·농민·병사를 위한 문학을 해야 하고 또 인민대중을 교육하기보다는 찬양해야 하며, 그들이 좋아하는 형식의 민간문학을 해야 한다는 내용이었다. 이에 전국의 작가들은 모두 공산당의 선전부에 소속되어야만 했다. 많은 아동문학 작가들도 삼반오반운동三反五反運動 및 사회주의 교육에 참가해야 했다. 삼반오반이란 토지개혁과 1950년대 경제발전으로 성장한 신흥 엘리트 집단을 통제하고 공산주의 정권을 공고히 하기 위한 목적으로 진행된 운동이었다. 삼반은 직무유기·낭비, 관료주의를, 오반은 뇌물수수·탈세·국가기물 절도·공무상의 부실·정보 유출을 말한다. 바로 중국의 경제회복기1949~1952에 마오쩌둥이 주도하여 전개되었던 숙청운동으로 1950년대 경제발전으로 성장한 신흥 엘리트 집단을 통제하고 공산주의 정권을 공고히 하려는 목적으로 시행되었다. 신중국 사회는 어린이들을 '조국의 꽃', '민족의 희망'으로 보면서 이들을 공산주의 사업의 계승자로 여겼다. 아동문학에 종사하는 이들은 새로운 중국이 요구하는 아동형상을 만들어야 했고, 짧은 시간 안에 이전과는 완전히 다른 아동문학을 만들기 위해 노력해야 했다.

신중국 시기 중국 아동문학 건설에서 중요한 단계는 소련의 1917년에 일어난 10월혁명 경험을 거울삼아 이를 학습하는 것이었다. 그래서 1950년대에는 소련 아동문학 작품과 이론을 대량으로 번역했고, 작가들을 모아 소련으로 보내 학습을 하게 하거나 소련 작가를 초청하여 대학에서 아동문학을 가르치기도 하였다. 이러한 활동은 이제 갓 시작된 중국 사회주의 아동문학에 커다란 촉진제가 되었다. 10월혁명 후 소련은 아동과 아동문학을 무척 중시했기에 1930년대 중국 현대 아동문학 발전에 영향을 미쳤던 소련 아동문학은 신중국 수립 이후에 새로운 임무를 떠안게 되었다.

신중국 아동문학은 정부와 국민들, 그리고 수많은 아동문학자들과 교육자들에 의해 발전해 나갔다. 신중국 건립 후 정부는 수만 개의 학교를 열어 수억의 아동들을 학교로 보내어 대중교육을 실시하였다. 이들에게 문화적 수준을 갖추도록 하기 위해서는 읽을 문학작품이 많이 필요했다. 중국 작가협회는 아동문학 창작에 관한 구체적인 「지시指示」를 내렸다. 바로 이 「지시」에는 '소년아동문학은 젊은 세대의 우수한 사회주의 사업을 이어받을 수 있게 하는 강력한 도구이다. 소년아동문학창작은 일억이천만 소년아동의 매우 절박한 정신적 식량이다'라는 내용이 담겨 있었다. 예성타오, 빙신, 장톈이 등 유명한 작가들은 전국의 작가들에게 모든 작가는 적어도 매년 한 편의 문학작품을 쓸 것과 아동도서 출판사의 회복과 건설을 호소하였다.

1949년 이후 아동문학의 주요 사업은 공산주의 청년단共青團 중앙위원회가 주도했다. 청년단은 '연맹의 조직은 아동 및 청소년 도서의 출판을 중요시한다'고 명시하고, 아동문학을 '아동과 청소년을 훈련하고 교육하는 강력한 도구'로 규정했다. 1949년 중화인민공화국 성립부터 1966년 문화대혁명이 일어나기 이전까지인 1917년 시기에 청년단은 아동문학 발전에 크게 두 가지 역할을 했다.

첫째, 현대 아동문학이 태동하고 기초 단계에 있던 1950년대 초에 『중국소년 신문中國少年報』 발간 및 상해에 아동 청소년 출판사를, 북경에는 중국 아동 청소년 출판사를 설립했다. 이로써 많은 아동문학 작가가 양성되어 다량의 작품이 발표되고 출판될 수 있었다. 이 가운데 우수한 작품은 당시 아동문학계에 큰 영향을 미쳤을 뿐만 아니라 오늘날에도 여전히 높은 사상적, 예술적 가치를 인정받고 있다. 둘째, 1955년 『중국소년 신문』에서 공청단의 이름으로 '아동도서 부족에 대한 보고서'를 제출하여 중앙위원회의 승인을 받았다. 『인민일보』는 "많은 아동도서를 창작, 출판, 보급하라"는 제목의 사설을 발표했다. 국무원 제8 판공실도 특별회의를 소집해 관련 부서에 대책을 마련하도록 지시함으로써 중국아동문학사에서 첫 번째 아동문학 물결이 일어났다.

소년선봉대도 아동의 정신을 성장시키는 데 큰 영향을 준 조직이었다. 당시 중국 어린이들은 학교에 들어가면서 모두 소년선봉대의 교육을 받아야 했고 각종 활동에도 참가해야 했다. 이 때문에 소년선봉대 문학은 당대 중국 아동문학에서 중요한 문학현상으로 선명한 시대적 생활을 담은 '혁명 모델'을 만들었다. 청춘 예찬, 중국 공산당과 신중국 찬양 등이 소년선봉대에서 교육하는 주요 내용이었다. 때문에 태양, 봄, 꽃, 파도, 제비, 해바라기 등의 단어가 이 시기의 작품에 자주 등장하였다.

이 밖에도 여러 성의 인민출판사에서도 앞다투어 소년아동도서 편집실을 설립하였다. 이 시기에는 전국 각지에서 『중국소년 신문』·『중학생中學生』·『붉은 스카프紅領巾』·『어린 선봉대원少先隊員』·『어린이』·『아동시대兒童時代』·『소년문예少年文藝』 등의 아동을 대상으로 하는 신문과 간행물이 복간되거나 창간되었다. 이로 인해 아동도서에 실린 작품의 수량은 눈부시게 증가하여 1950년부터 1954년까지 아동도서 출판물은 4,600여 종 5,740만 권 정도였고, 1954년부터 1959년의 기간에는 8,900여 종 3억 천여 권 정도가 발행되기에 이르렀다. 그리고 각 지역에서는 아동도서관과 아동문학을 지도하는 그룹과 발행기관 등이 설립되어 독립적인 조직을 갖게 되었다. 이로써 그동안 아동도서가 성인문학 출판 계열에 속했던 상황에서 벗어나, 점차 아동문학 작가들과 창작인들이 전문화되어 갔다.

이 당시에는 소련 아동문학 외에도 동유럽, 라틴 아메리카 동화들이 번역되었으며, 특히 예쥔졘葉君健이 번역한 『안데르센 동화 전집』이 큰 반향을 일으켰다. 1954년에는 '전국 소년아동문예상'이 생겨서 수상 작품을 평가하고 소개하는 장이 마련되었다. 1957년에는 첫 번째로 아동문학 이론을 다루는 간행물인 『아동문학연구兒童文學硏究』가 창간되어 아동문학 발전에 큰 역할을 하였다.

〈그림 4-1〉 1950년대 간행물 『붉은 스카프』

5·4신문화운동시기 아동문학은 성인문학의 부속에 불과하여 작가들은 일반 문학활동과 겸임을 했고, 1930년대는 전문적으로 아동문학만을 창작하는 작가들이 있기는 했지만 소수에 불과했다. 1940년대에는 전문적으로 아동문학

을 창작하는 작가들과 출판사, 이론연구가 그다지 발달하지 않았지만 1950년대에 이르러서는 아동문학이 독립된 한 영역을 형성했다.

2. 1950년대 중반의 황금기

중국 아동문학이 성숙할 수 있는 환경이 조성되면서 1950년대 중국의 아동문학은 큰 성과를 거두었다. 많은 아동문학 작품이 생산되었고, 제재와 작품의 분위기도 다양해져서 1950년대 중반의 시기를 중국 아동문학의 첫 번째 '황금기'라 부른다. '전국소년아동문예상'은 진정한 아동문학의 번영을 가져왔다. 1950년대 중국 아동문학은 아름다운 필치로써 해방된 새로운 사회를 묘사하면서 중국 공산당과 새로운 중국을 찬양하고, 새로운 세계에는 행복이 넘치며 감격스러운 격정에 휩싸여 긍정적이고 자랑스러운 시대 정신을 향한 노력을 표현하는 내용을 담아냈다. 이 시기의 아동문학 창작은 동화, 소설, 시, 과학문예까지 전통적인 민간의 이야기를 수집하고 개편했다. 당시 아동문학의 주요 장르는 동화였고 저명한 작가는 대부분 동화작가였다. 아동을 위한 우수한 아동도서를 발간하기 위해 작가협회는 창작지시를 내렸다. 아동문학 종사자들은 학교, 농촌, 가정의 아동생활에 파고 들어가 작품을 창작했다. 이 가운데 장톈이의 「호리병의 비밀寶葫蘆的秘密」, 옌원징의 「다음에 배를 띄우는 항구"下次開船"港」, 허이의 「수탉모험기小公雞歷險記」, 샤오핑蕭平의 「해변의 아이海濱的孩子」, 커안柯巖의 「어린 병사의 이야기小兵的故事」 등이 우수한 동화로 꼽힌다.

또 아동소설도 크게 발전하였는데, 제재는 주로 두 종류였다. 하나는 혁명의 역사였고, 다른 하나는 당시의 현실을 반영한 것이었다. 혁명역사를 다룬 작품으로는 류전劉眞의 『착한 아주머니好大娘』, 『나와 샤오잉我和小榮』, 샤오핑의 『3월의 눈三月雪』, 쉬광야오徐光耀의 『꼬마 병사 장가小兵張嘎』, 위안징袁靜의 『아기 흑마 이야기小黑馬的故事』 등이 있다.

『꼬마 병사 장가』는 아주 독특한 인물 형상을 창조했다는 평가를 받는다. 중일전쟁 시기 평원에서 벌어지는 싸움이 배경인 이 소설은 총이 줄거리를 이끄는 중요한 실마리이다. 한 유격대원이 어린 장가에게 준 나무 권총으로부터 이야기가 시작되어 유격대 대장이 진짜 권총을 주는 것으로 끝이 난다. 장가는 기지와 용기를 발휘하여 세 차례씩이나 적과 싸우는 소년 영웅이다. 이 소설은 후에 영화로 각색되어 전국에 상영됨으로써 이 당시 어린이들은 모두 장가를 알고 있을 정도였다.

현실을 반영한 작품을 쓴 작가로는 런다싱任大星과 런다린任大霖 형제를 들 수 있다. 이들은 1949년 이후에 성장한 작가로 작품에는 『귀뚜라미蟋蟀』와 『여소강과 그의 누이呂小綱和他的妹妹』가 있으며, 이들 작품에는 1950년대의 생활 분위기가 잘 반영되어 있다. 이 밖에 현실을 잘 반영한 작품에는 가오샹전杲向眞의 『샤오팡과 샤오숭小胖和小松』, 친무秦牧의 『귀국回國』, 장톈이의 『뤄원잉 이야기羅文應的故事』, 마펑馬烽의 『한메이메이韓梅梅』, 왕뤄왕王若望의 『보물찾기阿福尋寶記』가 있다. 그리고 양숴楊朔의 『눈꽃이 흩날리네雪花飄飄』, 왕원스王汶石의 『꽥꽥蠻蠻』, 제샹린揭祥麟의 『물푸레촌의 아이桂花村的孩子』 등도 아동들에게 영향을 많이 준 작품으로 분류된다.

1955년 통계에 따르면, 1억 2천만 명의 어린이와 청소년 가운데 7천만 명이 글을 읽을 수 있었다. 이를 출판된 도서와의 비율로 환산하면 어린이 17명당 읽을 수 있는 도서는 한 권에 불과했다. 이 수치는 당시 아동도서가 심각하게 부족했음을 말해준다. 게다가 출판된 도서들은 형식적이고 관념화된 작품이 많아 어린이들에게 인기가 없었다. 당시 어린이와 아동문학 작가들 사이에서 가장 영향력 있는 작품으로 꼽히는 장톈이의 『뤄원잉 이야기』도 이런 평가에서 자유롭지 못했다. 1951년부터 1953년까지 장톈이는 『영화 보러 가자去看電影』, 『그들과 우리他們和我們』, 『뤄원잉 이야기』, 『룽성이 집에 있다蓉生在家裏』, 『커다란 늑대大灰狼』, 『머리를 쓰지 않는 이야기不動腦筋的故事』 등의 소설과 동화를 발표했다. 작품의 대부분은 가정과 학교생활을 배경으로 탐욕, 의지력 약화, 학습에 대한 나태함, 일에 대한 애정이 부족한 아이들의 약점 극복을 주제로 하고 있다. 이런 종류의 '문제소설' 유형의 작품은 작가가 높은 예술적 기술과 표현 기법으로 묘사했어도 교훈이 도드라져서 그동안의 기계적인 작품과 크게 다르지 않았다.

1955년 이후 이러한 상황은 현저하게 개선되었다. 『인민일보』의 사설 발표 후 혁명전쟁으로 단련되고 교육 분야에서 많은 삶과 경험을 쌓은 작가 그룹에게 어린이를 위한 책을 쓰고 출판할 수 있는 기회가 주어졌다. 이와 동시에 발렌틴 페트로비치 카타예프Valentin Petrovich Kataev, 니콜라이 노소프Nikolay Nikolayevich Nosov 등 소련의 유명한 아동문학 작가들의 작품이 소개되기도 했다. 이들 작가와 작품의 영향으로 예술적 특성에 주목하고 예술적 규칙을 탐구하는 열풍이 불면서 상대적으로 사상적, 예술적 수준이 높은 작품이 다수 탄생했다.

동화, 소설과 함께 아동시의 성과도 컸는데 대표적 작가는 역시 커안이었다. 커안은 1955년에 「'작은 병사' 이야기'小兵'的故事」로 찬사를 받았고, 이후 1959년에 발표한 시집 『미후의 아주머니小迷糊的阿姨』 역시 아동시를 예술적인 경지로 끌어올렸다는 평가를 받는다. 위안잉袁鷹, 런룽룽任溶溶, 류라오민劉饒民, 치아오위喬羽, 진진, 루빙魯兵, 성예聖野의 시 역시 독자들에게 많은 영향을 주었다.

1954년 5월, 중국인민 아동보호 전국위원회中國人民保衛兒童全國委

員會와 관련 부서는 공동으로 중화인민공화국 건국 이후부터 1953년 말까지 아동문학의 업적을 심사하여 '제1회 전국 아동문예 예술창작 수상작'을 뽑았다. 여기에는 20여 편의 작품이 선정되었다. 수상작으로는 장톈이의 단편소설 「뤄원잉 이야기」, 가오스치의 과학시 「우리 어머니, 대지我們的土壤媽媽」, 펑쉐펑馮雪峰의 전기 소설 「루쉰과 어린 시절 친구들魯迅和他少年時代的朋友」, 진자오톈秦兆田의 동화 「작은 제비의 만리비행小燕子萬裏飛行記」과 궈후이郭墟의 아동소설 『양사령관의 소년선봉대楊司令的少先隊』가 선정되었다. 이들 작품은 사상성과 예술성이 비교적 높고 아동의 특성을 잘 반영하여 독자들에게 인기가 있었고, 아동문학 종사자들에게는 모범적인 사례가 되었다. 그러나 일반적으로 이 기간 동안의 아동도서의 창작과 출판은 양적, 질적 측면에서 객관적인 상황에 부응하지 못했다.

1950년대 아동영화는 영화역사 발전과정에서 좋은 영화가 탄생한 시기이다. 대표적인 작품은 〈조국의 꽃송이祖國的朵花〉으로, 결점이 있는 친구를 도와 성장해 가는 내용을 담고 있다. 1956년에 찍은 〈두 축구팀兩個小足球隊〉도 아동들에게 성실하게 생활하며 단체를 사랑하고 친구들과 단결하라는 내용을 담은 교육영화였다.

1954년에 촬영한 〈긴급한 편지〉, 1956년에 나온 〈어린 동지小夥伴〉, 1957년에 상영된 〈목동이 입대하다牧童投軍〉, 1958년의 〈혁명의 아이紅孩子〉는 혁명역사를 제재로 한 영화였다. 그리고 이 시기에는 신중국

미술영화가 탄생하고 성장하여 1955년에 제작한 만화영화 〈신기한 붓神筆〉은 민간의 이야기에서 제재를 취한 영화였다. 신기한 붓을 얻은 마량馬良이라는 노동자가 가난을 벗어나 행복한 생활을 영위하는 내용으로 1956년과 1957년에 걸쳐 국제적인 상을 받기도 했다. 이 밖에도 〈고양이의 낚시小貓釣魚〉, 〈좋은 친구好朋友〉, 〈샤오메이의 꿈小梅的夢〉, 〈오만방자한 장군驕傲的將軍〉, 〈아기 잉어가 용문을 뛰어 넘다小鯉魚跳龍門〉, 〈자팔계가 수박을 먹다豬八戒吃西瓜〉 등도 좋은 작품으로 꼽힌다. 만화영화는 독특한 선과 형상, 움직이는 그림의 유머와 과장 수법으로 아동들의 인기를 끌었다. 비록 만화 영화의 줄거리는 간단하고 내용은 단순하였지만 아동들의 수준과 잘 맞아서 정신적으로 피폐했던 당시에는 호감을 갖기에 충분하였다.

아동극본 역시 중국의 아동문학 발달에서 일찍이 성과를 드러낸 장르로써 5·4시기 리진훼이의 아동 무용극과 1940년대 바오레이 등의 아동 사회극이 있었다. 1950년대의 아동극은 주로 민간의 이야기를 기초로 하여 개작한 동화극과 전시의 아동생활을 반영한 혁명역사극이 중심이었다. 동화극으로는 장톈이의 〈늙은 이리大灰狼〉와 런더야오任德耀의 〈마란꽃馬蘭花〉, 치아오위의 〈과수원 자매果園姐妹〉, 혁명역사극으로는 왕전王鎭의 〈창槍〉, 싱예邢野의 〈아동단兒童團〉이 있다.

과학문예 영역에서는 그동안 둥춴차이와 가오스치 등 소수의 작가만이 존재한데다가, 일부 작품들은 무미건조한 지식만을 나열하면서 곤충, 새, 세균과 인류의 사회현상을 비교하는 작품들만 존재했다. 즉 과학도 아니고 문예도 아니면서 자연현상을 이용하여 사회생활 현상을 끌어들이는 데 불과던 내용이 1950년대에 들어서는 '문학성'에 공을 들여 성과가 나타나기 시작하였다. 바로 정원광鄭文光의 「태양 역경기太陽歷險記」, 츠수창遲叔昌과 위즈於止의 「코 잘린 코끼리割掉鼻子的大象」, 예즈산葉至善의 「사라진 오빠失蹤的哥哥」가 비교적 뛰어난 작품으로 거론된다.

이밖에 민담자료를 수집하고 정리하여 유아문학을 창작한 점도 의미가 있는 작업이었다. 1950년대에 들어서면서 유아문학에 힘을 기울인 작가로는 장스졔張士傑, 샤오간뉴蕭甘牛 등을 꼽을 수 있으며 특히 천웨이쥔陳瑋君이 개작한 「용왕공주龍王公主」가 많은 독자를 확보하였다. 이처럼 유아 아동문학이 발전할 수 있었던 데는 인쇄기술의 발달과도 깊은 관계가 있다. 1940년대에는 아동도서에 컬러 인쇄가 극히 드물었고 전문적인 아동 그림책 발간은 거의 찾아볼 수 없었다. 그러나 1950년대에는 컬러그림 도서와 전문적인 아동 잡지가 창간되기 시작하여 많은 아동의 관심을 끌게 되었다.

1957년부터 1960년에 이르는 기간은 아동문학 발전의 고조기였다. 특히 건국 10주년을 맞이하여 저명한 아동문학가의 선집과 전집이 발간되었고, 동화, 소설, 시, 산문 등에서 많은 작품이 쏟아졌

〈그림 4-2〉 시집 『미후의 아주머니』

〈그림 4-3〉 영화 〈두 축구팀〉

〈목동이 입대하다〉

〈혁명의 아이〉

〈긴급한 편지〉

〈그림 4-4〉 1950년대 혁명 영화

다. 이 가운데 가장 영향력이 컸던 선집에는 옌원징의 『시냇물의 노래小溪流的歌』, 장톈이의 『아이들에게給孩子們』, 허이의 『비둘기 형제 신펑과 핑안小神風和小平安』, 천보취이의 『중국의 톄무진中國的鐵木兒』, 커안의 『미후의 아주머니』, 진진의 『봄 아가씨와 눈 할아버지春姑娘和雪爺爺』를 들 수 있다.

그러나 1950년대의 아동문학은 정치적 지렛대에 의해 성장했기에 문학에 대한 인식과 예술소양, 작가의 창조력 등은 소홀히 취급되었다. 대부분의 작품이 사상적 각오와 도덕적 의식으로 넘쳐났으며 작가들의 문학적 인식은 혼란스럽고 편향되어 있었다. 신중국 성립 이후 심미의식이 변화되기는 했지만 아동문학의 의식과 교육, 투쟁의식의 관념은 크게 변하지 않았다. 오히려 소련 아동문학의 이론을 통해 아동문학을 바로 형상화의 인식으로 여기고 교육적 시각을 덧붙여 체계화하면서 '아동문학은 아동교육의 문학'이라는 이론이 만들어졌다. 1955년 9월 16일 『인민일보』의 「어린이 책 창작과 출판 및 배포를 늘리자」의 사설에서는 "우량한 소년아동도서는 소년아동들에게 공산주의 교육을 하는 강력한 도구"라고 말하였다. 이는 당시의 아동문학이 바로 1930년대 혁명 아동문학과 연안 해방구 지역의 인식에 기초해서 발전했기 때문이었다. 이 두 시기의 아동문학에 대한 인식은 계급투쟁이 열렬했던 시기에 만들어졌다. 그리고 이 기간은 소련 프롤레타리아 계급 문화파의 영향으로 인해 문학에서 정치적 공리성이 특히 강조되었다. 즉 문학을 혁명의 한 부분으로 보았기에 정치에 복종하고 정치투쟁을 위해 문학이 활용되어야 한다고 생각했다. 이 때문에 문학작품은 '정치가 첫 번째, 예술은 그 다음'이었고 작품의 내용과 형식은 단지 수단에 불과했으며 내용과 사상이 중심이었다. 이 때문에 제재와 주제는 중시한 반면 형식과 표현은 경시하였다.

이처럼 1950, 1960년대 문학의 특징은 사회정치와 긴밀하게 연결되어 정부의 지지로 발전할 수 있는 동력은 강했지만, 독자성을 확보하지는 못하였다. 1952년부터 1957년까지 5~6년 기간 동안 아동문학은 소규모에서 대규모로 비교적 빠르게 발전했고, 아동문학 작가 수도 건국 초기의 소수에서 2~300명으로 크게 증가했다. 아동문학의 창작 활동은 중국 아동 신문과 북경 문학 연맹의 아동문학 그룹, 상해의 청소년아동 출판사가 주요 거점이 되어 활발하게 진행되었다. 그러나 1957년 이후에 반우파투쟁이 확대되면서 많은 사람들이 비판과 숙청을 당해 사회 전체가 혼란해지면서 아동문학도 그 소용돌이에서 예외가 될 수 없었다. 반우파운동의 확산으로 인한 아동문학의 피해는 매우 심각했다. 일부 사람들이 우파로, 일부 작품이 반당 자료로 분류되면서 아동문학 창작활동은 다시 침체되었고 이 상처는 20년이 넘은 후에야 회복되기 시작했다.

전도가 유망했던 여러 작가들이 우파로 비판받으면서 창작을 할 수 없었던 대표적인 작가가 처우중이다. 처우중은 1940년대 중요한 아동문학 작가로 우수한 작품을 많이 써서 아동문학 발전에 큰 공을 세웠으나 우파로 몰리면서 사라졌다. 이외에도 비판을 받은 많은 작가들이 더 이상 창작을 할 수 없었고 정치적 간섭과 제재의 제한으로 예술적 소양을 마음껏 발휘할 수 없었다. 1959년 문예계에서는 정풍운동이 벌어지면서 다시 제재에 대한 비판에 직면하게 되었다. 문예의 역할은 오직 '노동자와 농민·병사를 위한' 것이어야 했고, 모든 문예작품은 이들을 가장 훌륭한 인물로 그려내야만 했다. 이 때문에 옛 위인이나 동물과 관련된 작품은 봉인되거나 불살라졌고 이러한 내용을 쓴 작가들은 비판을 받아야 했다. 이후 대약진운동으로 아동문학계는 더욱 피폐해졌다.

3. 문예 흉작기의 아동시

1950년대 말 문화대혁명이 전면적으로 벌어지기 이전의 중국 아동문학은 기본적으로 수정주의에 대한 반대와 방어가 주제였다. 1960년대 아동문학은 마오둔의 평가처럼 '흉작'이었다. 1960년대 아동문학의 불경기는 다음과 같이 요약할 수 있다.

첫째, 작가군들이 확대되지 못했다. 1950년대에 활발하게 작품 활동을 했던 장톈이는 병으로 더 이상 창작을 할 수 없었으며, 처우중은 우파로 몰려 작가대열에서 사라졌다. 천보췌이, 바오레이, 황칭윈, 루빙, 류전, 거췌이린葛翠琳 등도 비판을 받아 정상적으로 창작을 할 수 없었고 허이는 아동문학 이론 쪽으로 방향을 틀었다. 그나마 새로이 등장한 작가는 진보金波, 쑨유쥔孫幼軍, 츄쉰邱勳 등에 불과했다.

둘째, 작품 수가 현저히 줄면서 우수한 작품도 눈에 띄게 감소했다. 1960년 초부터 1961년 5월까지 약 1년 동안 소년아동출판사에서 발행한 출판물은 170여 종에 불과했고, 이마저도 상당수가 유아용 그림책이거나 개작한 이야기들로 우수하다고 볼 만한 작품은 찾아볼 수 없었다. 1961년부터 1962년의 기간에는 상황이 약간 호전되는 듯하다가 이후로는 더욱 악화되었다. 문화대혁명 전 아동도서는 읽을만한게 거의 없었다. 1954년부터 인민문학출판사에서는 매년 『아동문학작품선』을 펴냈는데, 1959년부터 1961년의 3년 동안 겨우 1권의 책이 출판됐으며 1962년 이후에는 아예 출판조차 하지 못했다.

셋째, 작품의 제재가 지극히 단순했다. 1960년대 아동문학 작품은 실제 인물과 사실에 기초한 작품이 대부분이었다. 즉 혁명을 제재로 한 작품이거나 아동들이 공업과 농사를 어떻게 도왔는지,

아니면 사상교육에 참가한 활동을 표현했을 뿐이다. 곧 아동문학의 제재 대부분이 혁명역사와 현실 계급투쟁에 관한 것으로 전통적으로 아동들이 좋아했던 옛이야기와 동물, 학교와 가정 이야기는 모두 사라졌다.

넷째, 작품의 주제 의식이 깊지 못했다. 이 시기에 요구된 명확한 주제 의식은 바로 계급투쟁, 반수정주의로 모든 작품들이 이들 주제로 전개되었다. 동화와 옛이야기, 과학문예, 유아 그림 이야기 등 모든 장르에 예외가 전혀 없었다. 당시 대표적인 장편 전기물이었던 허이의 『유문학劉文學』은 실제 인물과 실제 사건에 창작을 가미한 작품으로, 계급투쟁 경향을 분명하게 드러냈다.

다섯째, 예술적 표현을 공식화하였다. 일정한 예술표현과 일정한 작품 내용이 바늘과 실처럼 서로 긴밀하게 연결되었다. 즉 널리 통용되는 모형에 의해 서기는 공산당을 대표하였으므로 늘 반듯하고 옳으며, 부대장은 정치적 판단이 부족하여 적에게 이용당하는 모습으로 묘사되었다. 계급의 적은 다 부자들로서 이들은 나쁜 지주, 부농, 우파 중 하나였으며 숨은 반역자이거나 간첩으로 묘사되었다. 그러기에 부자들은 줄곧 프롤레타리아계급 정부를 전복하려는 목표를 가지고 있는 것으로 그려졌다. 작품에 등장하는 아동들은 용감무쌍하게 악인들을 잡아내거나 어른들이 해결하지 못하는 문제를 발견하여 임무를 완성하는 천편일률적인 구도로 이루어졌다. 마치 정해진 분량의 약재와 방식으로 약을 조제하는 것처럼 작품에서 독창성이라고는 전혀 찾아보기 어려웠다.

1960년 아동문학계에는 '동심론'에 대한 비판이 전개되면서 아동시의 창작이 공식화되고 개념화하는 기현상이 벌어지기도 했다. 이에 1961년부터 1962년에 이르는 기간에 저우언라이의 지도로 여러 차례 중요한 문예회를 거치면서 아동시의 창작은 비교적 활발한 단계로 들어섰다. 작가들 중 청년작가인 장커자藏克家, 장즈민張志民, 원제文捷, 루망蘆芒, 커안, 위엔잉, 류라오민, 성예, 루빙, 진보, 장지루張繼樓, 총총聰聰 등이 비교적 우수하다고 평가받는 작품을 발표했다. 그리고 성예의 「여름夏天」, 진보의 「메아리回聲」, 런롱롱의 「아버지의 선생님爸爸的老師」, 왕슈화이王書悔의 「나의 책상我的書桌」, 관화의 「어머니가 들려준 옛 이야기聽媽媽講那過去的事情」, 나란싱냐오納蘭星島의 「후마강가의 자장가呼瑪河上的搖籃曲」, 커안의 「아버지의 손님爸爸的客人」, 챠오위喬羽의 「가요 4수歌謠四首」, 장치張岐의 「바다의 노래大海的歌」도 좋은 평가를 받았다.

중국공산당 제8회 중앙위원회 10차 회의1962.8.26.~9.23 이후에 '계급투쟁을 결코 잊어서는 안된다'는 구호가 출현하였다. 이로써 문예계에서는 '중간인물론'과 '리얼리즘 심화론'에 대한 비판이 일면서 이미 편향되었던 창작이 더욱 편향되는 결과를 낳았다. 1964년 인민문학은 '사회주의의 새로운 영웅을 대대적으로 쓰기'라는 공모를 벌여

소년선봉대에 대한 영웅적 시를 쓰게 하였다. 이러한 시들은 대부분 아동의 생활과 관계없는 정치적 주제를 구호로 삼아 성인들의 의식과 사상을 주입하고자 했다. 이런 상황에도 비교적 좋은 평가를 받는 시로는 방반린方半林의 「어린 동생을 보내다送小弟弟」, 「어린 딩당小叮當」, 리잉李瑛의 「조국여행祖國旅行」, 옌이雁翼의 「평원의 사나운 말平原烈馬」을 꼽을 수 있다. 특히 1965년에 출판된 런룽룽의 시집 『어린아이도 잘 알고 있어요小孩子懂大事情』는 아주 우수한 작품으로 평가된다.

이 시기 아동시의 형식은 비교적 단조로운 동요와 중국 전통의 가락을 담은 쾌판快板, 자유형식의 시, 우화시, 동화시, 낭송시 등이 있었다. 그러나 어떤 형식으로 되어있든 직설적인 언어로 주제를 드러내어서 감성이 깊지 않았고, 함축적인 의미도 담아내지 못했다. 아동시는 대부분 어른들의 관점으로 아동들의 생활을 바라보면서 정치적 목적에 맞춘 내용으로 이루어졌다.

4. 소설·동화·우화의 양상

1950년대 후기는 중편 아동소설이 급증하여 좋은 작품이 많이 출판되었으나 1960년대에 들어서서는 보릿고개와 같은 상황을 맞게 되었다. 이는 제재 측면에서 실제 인물과 사실을 반영해야 했기에 가장 보편적인 제재는 소년선봉대원이 혁명을 지원하는 일이거나 혁명에 관한 것들이었다. 작가들은 당시의 사회분위기에 영향을 받아 아동들에게 혁명 영웅주의와 혁명 낙관주의 교육을 실시하였고, 사회주의 건설을 찬양하고 혁명의 기상을 찬양하는 작품을 썼다. 또 '동심'에 대한 비판으로 아동의 입장이 전면 부정되면서 아동의 형상은 정치적 색채로 채워 넣어졌다.

그러나 이러한 국면은 1961년 제3기 『문예보文藝報』에 발표한 공산당의 문예정책으로 조정을 거치게 되어 협소한 제재 문제가 일부 개혁되기도 하였다. 소설 중 비교적 성공한 작품으로는 푸청전符成珍의 『평원의 적을 물리치다平原殲敵記』, 아오더스얼傲德斯兒의 『어린 캉쑤허小綱蘇和』, 리신톈李心田의 『어린 두 팔로군兩個小八路』, 위엔징의 『홍색 소년 식량 탈취기紅色少年奪糧記』, 『주샤오싱의 어린 시절朱小星的童年』을 들 수 있다. 또 먀오펑푸苗風浦의 『20발의 총성이 울리다二十响駁殼槍』, 츄쉰의 『웨이산호에서微山湖上』, 친겅勤耕의 『작은 칼 이야기小砍刀的故事』, 류졘劉堅의 『강도의 딸強盜的女兒』, 어화鄂華의 『수정동굴水晶洞』, 후징방胡景芳의 『고달픈 소苦牛』, 런다싱의 『들소녀野妹子』, 후치胡奇의 『바다를 막아낸 소년海防少年』, 『굽은 낫鐮刀彎彎』, 『푸르른 먼 곳綠色的遠方』도 좋은 평가를 받았다.

또한 사회주의 건설의 새로운 기상과 면모를 갖춘 신중국을 아동이 열렬히 찬양한 소설들이 다수 발표되었다. 이 가운데 성공적으로 평가되는 작품에는 류전의 『비밀의 숲密密的樹林』과 『그래요, 난 경포족이에요對, 我是景頗族』, 수핑의 『성수궁聖水宮』, 런다린의 『슈쥔 아가씨秀娟姑娘』, 런다싱의 『큰 누나 주링링大姐姐周玲玲』, 『인내하는 중대위원耐心中的中隊委員』, 가오샹전의 『해바라기는 어떻게 커다란 버섯이 되었나向日癸怎樣變成大蘑菇的』, 장유더張有德의 『5분五分』을 들 수 있다. 또한 양샤오楊嘯의 『샤오산즈의 이야기小山子的故事』, 하오란浩然의 『배불뚝이 청개구리大肚子蟈蟈』, 루융魯庸의 『움나무小樹苗』, 류허우밍劉厚明의 『촬영기攝影記』, 왕루야오王路遙의 『화춘기畵春記』, 쉬신徐愼의 『사람을 바꾸다換了人間』, 츄쉰의 『탐방采訪』, 리훼이신李惠薪의 『소아과 병동의 웃음소리兒科病房的笑聲』의 작품도 빼놓을 수 없다. 주옌朱彦의 『아기 사슴小鹿』, 장샤오우張少武의 『물고기 잡기摸魚』, 리수콴李述寬의 『참외밭을 지킨 과과瓜瓜看瓜』, 린위셴林雨限의 『풀쌓기堆草』, 왕주위王主玉의 『숲의 어린 주인山林小主人』, 비예碧野의 『금작살을 보내다送金杈』도 이러한 유형의 소설에 해당한다.

동화에서는 '신동화新童話'가 출현하였다. 신동화에 대한 논의는 1958년에 시작되어 1961년에 이르러 문예정책의 조정기를 거칠 때까지 계속되었다. 신동화에 대한 논의는 시대를 묘사하는 도구로써의 동화를 강조하면서 현실 생활을 밀접하게 반영하자는 것이었다. 이러한 시대성에 대한 강조는 자연스럽게 아동문학의 교육성도 중시하게 되었다.

중화인민공화국 성립 초기 동화는 소설에 비해 빈약하였고 작품의 수도 많지 않았다. 많은 이들이 동화의 예술특징을 잘 알지 못하고 동화는 현실과 유리된 공상이며 과학을 위반하고 미신을 선전하는 것이라고 여겼다. 동화가 새로운 출구로 인식된 때는 바로 1961년에 전개된 '신동화' 토론이다. 토론에서는 오늘날 동화의 주인은 바로 눈앞에 다가온 사회주의 시대의 인물임을 주장하였다. 그러므로 동화에서 새 시대의 인물 창조가 요구되었고, '마법'과 '의인법'을 추켜세우면서 새로운 동화 형식과 예술기법을 탐색하게 되었다. 하지만 좌경사상의 사조로 인하여 동화는 다시 속박을 당하면서 동화창작의 길은 갈수록 협소해졌다.

동화창작 부문에서 뛰어난 작가로는 바오레이와 진진을 꼽을 수 있다. 바오레이는 1959년에 「저팔계가 수박을 먹다」를 쓴 후, 1962년에 발표한 「저팔계가 재주를 배우다猪八戒學本領」로 시리즈 작품을 완성했다. 이 작품은 고전명작인 『서유기』 중의 인물과 환경을 빌려 당시 아동생활의 새로운 장면을 묘사한 점이 특징이다. 사실성 만을 강조했던 그동안의 다른 작품들은 독자들에게 오히려 거리감을 느끼게 하였다. 그런데 바오레이의 작품은 익숙한 인물과 세계로 친밀함을 느끼게 하여 동화창작에서 의미 있는 실험이 되었다. 진진의 「여우가 사냥꾼을 잡다狐狸打獵人」는 역설적인 말로 도치된 노래顛倒歌를 활용하여 생활의 황당함을 폭로하였다.

이처럼 1960년부터 1965년에 이르는 기간의 좌경 문예사조는 동화창작을 어렵게 하여 작품이 급감하였다. 우수한 동화작품이 무수히 걸려들어 비판을 받았으며, 동화작가들은 옛 사람과 동물들을 구원해 주고, 자본계급의 사상과 감정을 드러낸다는 비판을 받았다. 동화창작은 위험한 일이 되어버렸기에 작가들의 글쓰기는 중단되었다. 장톈이와 옌원징 같은 동화작가도 1957년 이후 십여 년간의 기간에 단 한 편의 동화도 발표하지 않았다. 대부분의 유명한 작가들도 발표 작품 수가 급격하게 줄었다. 1960년에서 1965년에 이르는 기간에 나온 비교적 형식이 참신하고 예술적 가치가 있는 작품으로는 쑨유쥔의 「헝겊인형의 모험기小布頭奇遇記」, 종푸宗璞의 「호수 밑 산촌湖底山村」, 바오레이의 「신 저팔계전豬八戒新傳」, 진진의 「여우가 사냥군을 잡다」에 불과하였다.

우화 역시 동화와 대동소이하였다. 1950년대 우화 창작은 잘 발전하여 아동들이 읽기 좋은 진장金江의 「까마귀 형제烏鴉兄弟」, 뤼더화呂德華의 「달팽이의 이사蝸牛搬家」, 평원시彭文席의 「아기 말, 강을 건너다小馬過河」 등의 작품이 나왔다. 그러나 당시 동화에서 벌어진 옛 사람과 동물을 소탕해야 한다는 논의가 우화 창작에도 영향을 미쳤다. 뿐만 아니라 우화의 특색인 사회 부조리를 풍자하는 수법이 공격을 당하면서 우화 창작은 활기를 잃고 아동문학적 특징은 사라져 버렸다. 그리고 시간이 지날수록 정치적 색채가 선명해지면서 문화대혁명 중에는 완전히 정치투쟁의 도구가 되고 말았다.

5. 아동극 · 영화 · 과학 문예

1961년 공산당 중앙은 문예정책을 조정하기 시작하여 1962년에는 그동안의 좌익 경향을 반성하며 사상과 창작의 자유를 선언했다. 이와 같은 분위기 속에서 아동극과 영화는 공식화된 아동소설이나 동화에 비해 새로운 형식을 개척하고 내용 표현에서 성과를 보여주기 좋은 영역이었다. 이 시기에 출현한 연극과 영화는 아동의 심미 기호에 가까이 접근했고, 아동에게 익숙한 제재와 표현수법 및 교육적 의의도 함유하고 있었다. 이 시기의 동화극으로는 라오서의 〈옥배玉船〉와 〈개구리 기수青蛙騎手〉가 주목을 받았다. 이 두 작품은 민간전설에서 제재를 가져와 개작한 것이었다. 아동의 생활을 반영한 극에는 리친李欽의 〈매화梅花〉, 류후밍劉厚明의 〈기러기들이 줄지어 날다小雁齊飛〉, 런더야오의 〈축구부小足球隊〉, 거췌이린의 〈초원의 어린 자매 영웅草原英雄小姐妹〉가 있다. 이 가운데 〈기러기들이 줄지어 날다〉와 〈축구부〉는 저우언라이에게 찬사를 받았고, 1954~1979년 전국 소년아동문예 창작대회에서 1등상도 수상하였다.

5막극으로 이루어진 〈축구부〉는 우수한 축구선수인 루양路陽의 개인주의적 가치를 엄격하게 꼬집는 내용을 담고 있다. 루양은 팀을 생각하지도 않고 교사의 지시도 따르지 않으며 팀을 떠나 학교 밖에서 새로운 축구팀을 만든다. 학교 바깥의 코치는 오로지 축구에만 신경쓰며 학습에는 관심이 없다. 성적이 곤두박질치고 학급팀과 겨룬 첫번째 경기를 통해 루양은 옳고 그름을 깨우치고 다시 학급 축구팀으로 돌아온다는 이야기다.

아동영화는 1960년대 이후에 커다란 발전이 있었다. 영화는 종합예술로서 문학 외에도 음악, 무용, 미술, 촬영 등의 여러 현대 과학기술의 기초가 있어야 했다. 신중국 건립 후 아동영화는 1950년대 말 이후 각종 조건이 성숙되면서 비교적 성과가 드러난 장르로 우수한 창작극본이 쏟아져 나왔다. 일부 뛰어난 영화극본은 좋은 문학작품을 개작하였는데 아동들이 좋아하는 신화, 동화, 전설 혹은 기타 혁명에 관한 이야기들이었다. 이 당시 유명한 영화로는 〈꼬마 병사 장가〉로 항일 꼬마 전사 장가를 성공적으로 형상화하였고, 동화극 〈마란꽃〉은 화면이 신비하고 아름다우며 인물의 성격도 아주 선명하였다. 이 두 편의 각색된 극본은 원래 만들어진 작품보다 아동들에게 훨씬 환영을 받았다.

1960년대 전반기에 나온 우수한 영화 가운데는 〈어린 영웅 팔로군英雄小八路〉, 〈여름방학의 선물暑假的禮物〉, 〈활짝 핀 꽃花兒朵朵〉, 〈형제

〈어린 영웅 팔로군〉

〈여름방학의 선물〉

〈작은 방울〉

〈그림 4-5〉 1960년대 영화

의 친척방문兄弟探親〉, 〈물긷는 여자대원女跳水隊員〉, 〈작은 방울小鈴鐺〉이 있었다. 그리고 동화를 제재로 한 〈호리병의 비밀〉과 첫 번째 천연색 영화인 과학환상영화인 〈작은 태양小太陽〉도 등장했다. 이 가운데 북경영화사가 제작한 〈꼬마 병사 장가〉와 〈작은 방울〉은 오늘날에도 좋은 평가를 받고 있다.

만화영화로는 〈하늘나라에서 소란을 피우다大鬧天宮〉, 〈아기 잉어가 용문을 뛰어넘다小鯉魚跳龍門〉, 수묵 만화영화로는 〈올챙이 엄마찾기小蝌蚪找媽媽〉, 실루엣 영화 〈물고기 낚는 아이漁童〉, 〈초원의

〈하늘나라 대소동〉

〈올챙이 엄마찾기〉

〈물고기 낚는 아이〉

〈그림 4-6 〉1960년대 만화영화

영웅 어린 자매〉, 〈금빛 소라金色的海螺〉 등이 등장했다. 이들 영화는 문학, 미술, 음악, 촬영 등이 일체가 되어 아동이 좋아하는 과장과 변신 등의 예술기법을 사용하면서 영화 특유의 예술적 기법으로 나이 어린 아동들에게 특별한 사랑을 받았다. 이 가운데 〈올챙이 엄마찾기〉와 〈하늘나라 대소동〉은 중국 특유의 예술형식을 결합한 창조적 작품이었다. 1964년에 제작된 이야기 만화영화 〈하늘나라 대소동〉은 미술과 풍경, 색채 등 모든 분야에 고대 회화, 사당廟堂 예술, 민속화 등의 특색이 어우러지고 중국 경극의 연출 방식이 투입되었다. 음악 역시 민간음악과 타악기가 어우러져 관객들이 좋아하는 손오공의 모습이 탄생하였다. 이 만화영화는 1978년 런던 영화제에서 가장 우수한 작품으로 평가를 받아 중국의 손오공은 외국인들에게도 익숙하게 다가오는 성과를 거두었다.

아동과학문예 역시 급격한 발전을 이루었다. 1956년 전국 인민대회에서 내놓은 '과학을 향해 나아가자'는 구호 아래 국가과학계획 위원회가 설립되고 1956년부터 1967년에 이르는 전국 과학발전의 계획이 수립되었다. 1950년대에 출현한 과학문예 창작의 신인들은 창작훈련을 거쳐 과학동화, 환상소설, 과학시, 과학산문, 과학이야기 등 각종 양식의 우수한 작품들을 내놓았다. 이렇게 내외적인 여러 요소가 결합되어 아동과학문예는 1950년대 말부터 1960년대 초에 절정에 이르렀다.

과학환상소설로는 퉁언정童恩正의 『오만년 전의 손님五萬年前的客人』, 지홍嵇鴻의 『신비한 작은 탱크神秘的小坦克』, 수젠헝蕭建亨의 『신기한 기계 강아지奇異的機器狗』와 『푸커의 기이한 만남布克的奇遇』, 츠수창遲叔昌의 『"과학 괴짜"의 기발한 상상"科學怪人"的奇想』, 수핑판蘇平凡의 『기이한 수렵 이야기奇獵記』가 창작되었다. 과학동화로는 팡훼이전方惠珍·성루더盛璐德의 『올챙이 엄마찾기』, 어화의 『호숫가의 추격湖上的追逐』, 쑨유천孫幼忱의 『샤오산빙과 샤오차웨이小傘兵和小刺蝟』, 왕젠王堅의 『멋쟁이 타조아빠愛打扮的駝鳥爸爸』, 양머우楊謀의 『아기 산천어의 새 이웃小草

魚的新鄰居』, 황구형黃古衡의 『어린 유채꽃의 친구小油菜的好夥伴』, 리예푸勵藝夫의 『백번의 실수錯誤百出的故事』, 차이징펑蔡景峰의 『귀 빌리기借耳朵』가 발표되었다.

과학시와 과학이야기로는 가오스치의 「지구의 장막地球的帳幕」, 우진伍津의 「뱀섬의 비밀蛇島的秘密」, 쑨밍쥬孫明玖의 「동물병원野獸醫院」, 왕쟈쥔王家駿의 「새들이 사는 섬 탐구하기鳥島初探」를 들 수 있다. 이밖에 과학산문에는 쉬광徐光의 「아름다운 공작-서상반나美麗的孔雀-西雙版納」, 황완보黃萬波의 「수십만 년 전의 북경幾十萬年前的北京」, 커쥔柯群의 「사막 안의 새沙漠裏的鳥」, 마난춘馬南邨의 「신대륙을 가장 먼저 발견한 사람은 누구일까?誰最早發現美洲」, 구쥔정의 「아이들을 대신한 변호替小孩辯護」, 쑨윈구孫雲谷의 「바닷물이 갈라서다海水鬧分家」 등을 들 수 있다.

이 시기의 과학문예를 창작하는 청년 작가들 중에는 문학창작에 종사한 이들도 있었지만, 아동잡지의 편집인 혹은 초등학교 및 중학교 교사들도 있었다. 또 과학업무에 종사한 이들도 있었는데 퉁언정은 역사와 고고학, 류싱스劉興詩는 지질학 방면, 수젠형은 전기쪽에 관한 일을 하는 전문가들이었다. 이들은 자신들의 전문분야를 가지고 아동들의 흥미를 이끌어내어 독자적인 분위기의 창작영역을 형성했다.

그러나 좌경 사조가 불면서 많은 우수한 작품들이 독초라는 비난을 받게 되었다. 「올챙이 엄마찾기」라는 과학동화는 '모성애'와 '인성'을 널리 선전했다는 명목으로 비판에 직면했다. 바로 이러한 정치적 영향으로 과학문예 창작은 급격하게 저하되었고 작품의 수량 역시 떨어졌다. 1963년 문화대혁명 전 출판된 과학문예 서적은 30종이 채 되지 않았고 발표된 작품 또한 단편적인 산문으로 과학환상 소설과 과학동화는 거의 찾아볼 수 없었다. 과학문예는 1950년대 말부터 1960년대 초에 절정기를 이루다가 1964, 1965년에 이르러서는 거의 자취를 감추었고 이후에는 완전히 황무지 상태가 되었다.

제5장

광란의 문화대혁명1966~1977 시기

1. 아동문학 공백기의 문예이론
2. 음모문예 창작기의 아동문학
3. 문화대혁명 찬양의 동요와 동시
4. 아동소설과 전업작가 하오란
5. 『반짝이는 붉은 별』의 다양한 변모

1. 아동문학 공백기의 문예이론

1960년대 초반에는 아동문학의 상황이 개선되면서 아동문학 종사자들이 늘어나고 작품의 질도 향상되었다. 그러나 좋은 시절은 오래 가지 못했고 문화대혁명은 아동문학에 큰 재앙을 안겨다 주었다. 1966년부터 1976년까지의 10년간의 문화대혁명으로 중국은 대혼란을 겪었다. 동란의 10년이라 부르는 이 '무산계급 문화대혁명'은 아직까지도 논란이 되고 있으며 중국 역사에 있어서 아주 특별한 사건이다. 4인방에 의해 강요된 일련의 이론으로 아동문학은 거의 멸종 직전에 다다랐다.

'지도자의 오류로 인해 시작되고 반혁명 집단에게 이용되어 당과 국가 그리고 모든 인민에게 심각한 재난을 안겨준 내란'이라는 공식적인 정의를 내린 이후 중국에서는 문화대혁명에 대해서 다른 어떤 해석도 허용하지 않는다. 그리고 당내의 제한된 기관 외에는 사실상 문화대혁명에 대한 연구도 금지되어 있다. 그러기에 이와 관련된 모든 역사적 자료는 철저하게 기밀로 관리되어 일반의 접근이 허용되지 않아서 학문적으로 접근한 출판물들도 대부분 폐간되거나 압수되어 폐기되었다. 문화대혁명 시기의 중국 아동문학의 행적은 세계 아동문학사에서는 유래를 찾아볼 수 없는 기이한 현상이다.

문화대혁명 10년 기간의 아동문학은 대체로 절대 공백기였던 1966~1969년 기간과 1970~1976년의 두 시기로 나눌 수 있다. 문화대혁명 시기에는 그동안의 아동문학 기반이 모두 부정되었고 우수한 아동작품은 독초라는 비판을 받게 되었다. 아동문학에 종사했던 많은 작가와 편집자, 평론가 및 출판업자들은 잔혹한 정신적 고초와 감금, 학살을 당했다. 또 모든 도서의 출판과 아동 잡지 발간 등은 정지되었고 작가협회와 창작 모임도 해산되었다.

중국 사회의 총체적 변혁을 지향한 문화대혁명은 문학 논쟁으로부터 시작되었다. 본질적으로 정치 운동이었던 문화대혁명이 문학으로부터 시작된 것은 공산당 내부에서는 합법적 절차를 거쳐 권력을 장악하기가 어려워진 마오쩌둥과 극좌파가 군중 운동을 이용하여 비합법적으로 정치권력을 장악하려 하였기 때문이었다. 문화대혁명은 문예계와 군대를 중심으로 진행되었다. 1968년 2월 우파에 대한 대중적 비판운동의 막을 올린 극좌파는 상해에서 '문예공작좌담회文藝工作座談會'를 개최하였다. 마오쩌둥의 권위와 군대의 힘이 결합한 이 좌담회는 엄청난 세력을 형성하고, 군중

동원으로 위력을 발휘하기 시작하였다. 쟝칭江靑과 린뱌오林彪의 주도 아래 당시 중국의 전반적인 문학 상황을 검토하였던 좌담회의 결과는 장문의 「기요紀要」로 발표되었다.

「기요」는 문예 창작의 방향을 분명하게 제시하면서, 문예계가 자율적으로 해석하고 결정하고 행동할 수 있는 여지를 완전히 차단하였다. 「기요」를 통해서 선포된 문화대혁명의 문예 규범은 크게 세 가지 내용으로 정리되는데 첫째가 '근본임무론根本任務論'이다. 근본 임무란 '사회주의 문예의 근본 임무는 프롤레타리아의 영웅적 인물을 빚어내야 한다'는 것이다.

둘째는 '삼돌출三突出' 이론이다. 작품의 모든 인물 가운데 긍정적 인물을 두드러지게 표현하고, 긍정적 인물 가운데 영웅적 인물을 두드러지게 표현하고, 영웅적 인물 가운데 주요한 영웅적 인물을 두드러지게 표현해야 하는 것이 '삼돌출' 이론의 내용이다. '삼돌출'은 '근본임무'를 완성하기 위한 창작 원칙으로 중심적인 영웅의 형상을 부각시키기 위한 여러 가지 도식적인 표현방식이 제시되었다.

셋째, '주제선행론主題先行論'이다. 이는 문예를 창작할 경우에는 먼저 주제 사상을 정한 후에 생활 속에서 인물과 이야기를 선택하여 이 주제 사상을 표현해야 한다는 것이다. 이 역시 '근본 임무'를 효과적으로 완수하기 위한 방법의 하나였다.

당시 온건파가 장악하고 있던 공산당과 정부는 사태의 확대를 저지하기 위해 노력하였지만, 극좌파는 비판의 강도를 더욱 높여 군중 시위를 통해 권력 장악에 박차를 가하였다. 경제난으로 인한 정서 불안, 사회주의 이상 퇴색, 우파 정책에 대한 학생과 빈민층의 반발과 극좌파의 대중선전이 결합되어 당과 정부에 대한 국민적 저항운동의 형태를 띠었다. 홍위병의 전국적인 시위는 공산당과 정부 조직은 물론 모든 조직과 제도를 마비시켰다. '반란은 이유가 있고, 혁명은 죄가 없다造反有理革命無罪'의 구호 속에서 중국 사회의 기존 질서는 철저하게 파괴되었다. 학계와 문예계의 지식인들은 반동, 반당 분자, 반혁명 분자의 죄명으로 직장에서 파면되거나 체포되었다. 이들은 죄상을 기록한 고깔모자와 패쪽을 목에 걸고 거리에서 조리돌리기를 당하고 투옥되었다. 그들이 과거에 발표했던 학술 논문이나 문예작품은 모두 독초라는 판정을 받았고 폐기하라는 명령이 전국에 하달되었다.

당의 창작 원칙이 발표되었지만 정작 작가들에게는 창작 활동을 위해 기댈 소속도, 작품을 발표할 곳도 없었다. 모든 종류의 출판에 엄격한 통제가 시행되었고 특히 문예와 관련된 출판은 그것이 대중들에게 미치는 영향 때문에 더욱 극심한 제한이 가해졌다. 전국 대부분의 문예 단체가 해산되었고 각종 문예지는 정간되었다. 문혁의 물결 속에서 거의 모든 문학계 인사들은 자아비판을 강요당하고 인민재판을 받아야 했다. 대부분 중산층이었던 문인들은 노동개조, 구금, 투옥되었으며 피살되거나 자살한 경우도 많았다.

문화대혁명 시기의 문예는 다른 시기와는 구별되는 특징이 있다. 바로 정치 행위와 문예 창작, 수용행위의 경계가 사라지고, 정치가 직접적으로 '미학화'되었다는 점이다. 문예 창작은 정치와는 별도로 독자적인 논리에 따라 이루어지는 행위가 아니었고 개별 작가의 창조적인 역할 또한 인정되지 않았다. 문화대혁명 시기의 문예 창작은 일부를 제외하면 모두가 문화대혁명의 문예 규범에 충실하게 부응해야 했고, 문예라는 수단을 통해 마오쩌둥을 호위하는 홍위병이 되는 것이 궁극적인 목적이었다. 이런 까닭에 당시의 문예 창작 작품에는 문학 예술적 가치를 부분적이나마 인정받은 것도 있지만, 대부분은 선전물의 색채를 띠었다.

문학과 예술은 신중국의 건국과 발전과 함께 새로운 역사적 단계에 접어들었다. 특히 어린이와 청소년을 위한 사업은 당과 국가의 운명, 미래에 있어서 전략적 위치에 놓이면서 어린이와 청소년의 건강한 성장에 관심을 기울일 것을 요구하였다. 이 때문에 아동도서가 갖고 있는 교육적 영향에 특별히 관심을 기울이게 되었다.

문화대혁명은 문화와 교육 방면에서 시작된 후 모든 영역으로 확대되었기에 문화 및 교육과 관계된 영역은 심각한 피해를 입었다. 마오쩌둥이 주창한 '교육혁명'은 공자로 대표되는 유교적 봉건 교육 이데올로기, 존 듀이로 대표되는 부르주아 교육 이데올로기, 소련의 이안 카이로프N.A.Kaiipob로 대표되는 수정주의 교육 이데올로기 비판이었다. 그리고 마지막으로는 마오쩌둥 사상으로 대표되는 사회주의 교육 이데올로기를 옹호하는 '새로운 세계 건설'이 목표였다. 이를 위해 마오쩌둥은 문화대혁명 기간 동안 일련의 중요한 교육 사상을 제시했다. 그중에서도 마오쩌둥의 교육에 대한 생각을 가장 잘 반영하고 당시 '교육혁명'에 큰 영향을 미친 세 가지 지시가 있었다. 바로 1966년에 발표한 5·7지시五七指示, 7·21지시七二一指示, 7·30지시七三〇指示가 이에 해당한다.

5·7지시는 모든 직업과 업종을 하나의 큰 혁명 학교로 만들어야 한다는 것이다. 7·21지시는 대학 졸업생이 먼저 공장과 농촌의 노동력에 합류하여 일반 노동자로 일해야 하고 숙련된 노동자가 교사가 되어야 한다는 내용이다. 마지막으로 7·30지시는 교육혁명은 노동자 계급이 주도해야 하며, 학교는 가장 신뢰할 수 있는 프롤레타리아가 운영해야 한다는 것이 골자이다. 이러한 지시로 말미암아 교육을 담당할 교사와 지식인은 개혁의 대상으로 취급되었다. 노동자들이 학교를 점령하면서 지식과 지식인을 경시하는 좌파 이데올로기가 강화되었고 아동문학은 이 한가운데에 자리하고 있었다.

'교육혁명'으로 인해 한창 지적 호기심이 왕성했던 어린이와 청소년들은 혁명 대장정大串聯, 공부는 내팽개치고 혁명하기放假鬧革命, 교사 비판회 등의 활동으로 책에서 멀어졌다. 이들은 책읽기와 같은 공부는 아예 하지도 않았고 나중에는 읽을 책도 사라졌으며 수업마저 없었다. 아이들은 '교육혁명'으로 인해 학교에서 문학을 정상적으로 배울 수 없었고, 문화 프로그램에 대한 공격으로 인해 '문화혁명'의 영향을 받지 않은 교실 밖에서도 문학을 접할 수 없었다. '교육혁명'은 정상적인 문화 교육과 좋은 문학으로부터 멀어지게 하여 어린이와 청소년이 지적, 문화적으로 올바르고 효과적인 교육을 받지 못하도록 하였다. '교육혁명'이 교육 부문뿐만 아니라 아동문학 부문에도 커다란 영향을 미친 것이다.

1966년 하반기부터는 거의 모든 서적, 잡지의 편집과 출판이 중단되거나 점진적으로 중단되어 결국 정치선전 목적을 띤 적은 수의 신문만 남게 되었다. 이 때문에 이 기간에 발간된 도서와 잡지는 극히 적어서 44권의 아동도서와 4종의 아동 문예지만이 존재했다. 44권의 아동도서 중 25권은 상해의 소년아동 출판사에서 발행하였는데 이 출판사는 1952년 신중국 수립 이후 공산당이 주도해서 만든 것이었다. 이 시기에 남아있던 잡지로는 다음 4종으로 『붉은 스카프』·『소년 선봉』·『아동문학兒童文學』·『소년 문예』에 불과하다.

〈표 5-1〉 문화대혁명기 발간 아동잡지

	잡지명	지역	출판사	출판 연도	간행 호
1	붉은 스카프	중경	청년출판사	1966	1-15
2	아동문학	북경	중국 소년 인동출판사	1966	10
3	소년 선봉	남창(南昌)	공청단강서성위원회 소년선봉사	1966	1-9
4	소년 문예	상해	소년 인동출판사	1966	1-7

1966년 이후 아동문학은 그 어떤 도서나 잡지도 정식으로 출간되지 못하는 공백기를 맞이하게 되었다. 이 공백 기간 문화대혁명이 열기가 가장 뜨거웠던 상해에서 정식으로 발간된 어린이 신문으로는 『꼬마 홍위병紅小兵』과 『꼬마 홍위병 신문紅小兵報』만이 존재했다. 여기에 실린 글들은 형식적으로는 동요와 이야기였지만 실제로는 정치사상 교육만 담겨 있었다.

2. 음모문예 창작기의 아동문학

1971년부터 1976년은 막강한 권력을 휘두르던 마오쩌둥의 부인 쟝칭, 야오원위안姚文元 정치국 위원, 왕훙원王洪文 부주석, 장춘차오張春橋 국무원 부총리를 일컫는 '사인방'의 영향이 지배적이어서 '음모 문예陰謀文藝' 창작기로 부른다.

이 당시에는 아동들이 좋아하는 동화, 우화, 옛날이야기는 '봉건, 자본주의, 수정주의'를 반영한 것이었기에 철저하게 배척되었다. 즉 착한 왕자나 아름다운 공주의 사랑 이야기는 아동들에게 부패하고 해로운 것으로 취급되어 흔적도 없이 사라졌다. 아동문학은 계급투쟁을 중점으로 삼아 당시의 이론에 바탕을 두었기에 모든 작품은 투쟁과 노선투쟁을 담아야 했다. 이 때문에 아동문학 형식을 빌린 권력 쟁탈과 정치 음모에 관한 작품이 등장했다. 1973년 장칭은 아동문학 규제를 강화하여 상해에서 『아침노을朝霞』을 창간하고 『소년문예』를 『상해소년上海少年』으로 이름을 바꾸었다. 음모 문예의 대표적인 작품으로는 '사인방'의 공적을 찬양한 시 형식의 보고문인 『시사 전투西沙之戰』로 시사에서 벌어진 싸움의 승리를 장칭의 공로로 위장하였다. 이밖에도 외국 숭배를 비판하는 만화영화 〈시험 비행試航〉과 자본주의를 좇는 주자파를 비판한 영화 〈반격反擊〉, 〈성대한 휴일盛大的節日〉도 선보였다.

1971년에 저우언라이가 전국 출판사업 좌담회를 개최하여 도서 개방의 지시를 내리면서 각 아동문학의 창작과 출판이 조금씩 회복되기 시작하였다. 1972년 말, 천진에서 『혁명의 계승자革命接班人』와 『홍소병 화보紅小兵畫報』가 북경에서는 『북경 소년北京少年』이 출판되었다. 또한 천진, 북경, 요녕, 길림 등의 여러 지역에서 『꼬마 홍위병』이라는 아동 문예지가 창간되었다. 인민문학출판사는 아동문학 작품집을 연이어 출간했다.

인민문학출판사는 『소라 나루터海螺渡』, 『바다의 딸海的女兒』, 『숲

속을 울리는 화살소리林中的響箭』, 『시끌벅적한 숲喧鬧的森林』 등 아동문학 작품을 연이어 선정하여 출판했다. 북경 인민출판사는 『독수리, 날개를 펴다小鷹展翅』와 『봉화대 옆 두 소년烽火台邊兩少年』을 출간했으며, 다른 지방 출판사에서도 아동문학 특별집이 발간되었다. 그리고 그동안 성과를 드러내었던 작가들 대부분이 창작을 할 수 없는 상황이었기에 새로운 작가들이 대거 등장하게 되었다.

바로 리신텐, 허즈何芷, 볜쯔정邊子正, 장장츙張長弓, 장만린張萬林, 스원쥐石文駒, 왕란王蘭, 양샤오, 차이웨이차이蔡維才, 니수건倪樹根, 쉬잉徐瑛, 둥볜童邊, 쑨하이랑孫海浪, 장츄성張秋生, 양번훙楊本紅, 류빙강劉秉剛, 예융례葉永烈, 주즈야오朱志堯 등이 새로운 작가 대열에 들어섰다.

이 시기에 영향력이 있었던 아동소설로는 허즈의 『어린 독수리小山鷹』, 췌이첸광崔前光의 『고기잡는 사람들打魚的人們』, 장장츙의 『붉은 버드나무紅柳』, 리신텐의 『반짝이는 붉은 별閃閃的紅星』, 양샤오의 『훙위紅雨』를 들 수 있다. 그리고 스원쥐의 『전쟁터의 붉은 끈戰地紅纓』, 쉬잉의 『향양원 이야기向陽院的故事』, 볜쯔정의 『후방의 작은 영웅敵後小英雄」, 왕란의 『나라강納拉』·『용 못龍澤』, 관화의 『등교上學』, 둥볜의 『새로 온 꼬마 스주新來的小石柱』, 차이웨이차이의 『어린 철두의 말 탈취기小鐵頭奪馬記』, 청젠程建의 『세 차례의 홍위동굴 탐사三探紅魚洞』도 좋은 작품으로 거론되었다.

양샤오의 『홍위』는 문화대혁명 기간 가장 성공한 아동소설이

『홍소병 화보』(1975)

『홍소병 화보』(1977)

〈그림 5-1〉『홍소병 화보』 표지

『꼬마 홍위병』(1969)

『꼬마 홍위병』(1974)

〈그림 5-2〉『꼬마 홍위병』 표지

『홍위』

『어린 철두의 말 탈취기』

『향양원 이야기』

〈그림 5-3〉 문화대혁명기 대표적인 아동소설

다. 이 소설은 가난한 시골의사 홍위의 형상을 통해 당시 약이 부족했던 산간지역의 현실을 잘 반영하고 있다. 그리고 주인공이 자신의 노력으로 어떻게 시골 사람들의 신뢰를 받게 되는지를 보여주고 있다. 소설은 1970년에서 늘상 볼 수 있었던 농촌 사람들의 노동현장을 배경으로 시작된다. 수로 공사를 하던 중 가장 중요한 시기에 총감독자인 엔지니어가 병으로 쓰러지고, 사람들이 그를 들쳐업고 20리 밖의 병원에 갔지만 의사는 냉수 한 사발만 건네준다. 농촌 소년 홍위는 의약품이 부족한 현실을 깊이 인식하고 열악한 고향의 의료현실을 바꾸기 위해 스스로 '맨발의 의사'가

된다. 임무를 잘 수행하기 위해 그는 여러 훈련을 받고 힘겹게 공부하며 자신의 몸에 침을 놓아보고 멀리 있는 중의를 찾아 배움을 청하기도 한다. 결국 홍위는 수많은 어려움을 극복하고 간단한 치료방법을 계발하여 사람을 살린다. 이 작품은 여러 종의 외국어와 소수민족의 언어로도 번역이 되었고 영화로도 만들어졌다.

문화대혁명 시기 극본과 영화 가운데 비교적 성공적으로 평가받는 작품에는 〈붉은 나팔수紅色小號手〉, 〈금빛 기러기金色的大雁〉와 호남의 지방극인 〈정원의 노래園丁之歌〉가 있다. 아동 서사시로는 처우쉐바오仇學寶의 「진쉰화의 노래金訓華之歌」, 류샤오빈劉曉濱의 「경각의 초원警覺的草原」, 위안잉의 「유문학」이, 아동시집으로는 쑨하이랑의 『금빛 나팔金色小銅號』, 장츄성의 『기차는 소산을 향해 달리네火車向著韶山跑』를 꼽을 수 있다. 그리고 과학 문예로는 주즈야오의 「부엉이와 박쥐의 대화貓頭鷹和蝙蝠的對話」, 예용례의 「굴뚝 연기煙囪的辮子」가 있다.

3. 문화대혁명 찬양의 동요와 동시

문화대혁명 시기는 아동의 단순성과 순진함이 정치적으로 이용되어 아동과 청소년이 정치의 꼭두각시로 전락했던 시기이다. 문화대혁명 시기에는 아동을 노동자이자 정치적인 동료로 보는 시각이 반영되어 홍소병紅小兵 조직까지 생겼다. 홍위병이 중학생, 고등학생, 대학생들의 조직이었다면 홍소병은 그 하위조직으로 초등학생으로 조직된 정치조직이었다. 홍소병들은 길거리에서 검문을 하며 지나가는 사람을 막아 마오 주석의 어록을 외워야 보내주었고, 자신들을 가르치던 선생님들의 사상과 정치성을 비판하는 일들을 하였다.

제2차 세계대전 당시, 유태인들을 적발하고 고발하는 데 열성으로 가담했던 독일의 '히틀러 유겐트Hitler-Jugend'와 일장기를 들고 천황에게 무조건적인 충성을 맹세하던 일본의 '소년소녀단'처럼, 이 당시의 아동은 극단적인 정치 이데올로기의 희생물이 되어 가장 단순하고도 극단적인 정치적인 도구가 되었다.

문화대혁명 10년 동안 다른 문학 양식과 마찬가지로 아동시와 동요도 '모범극을 따라 배우고' '완벽한 영웅'을 만들어야 한다는 요구를 받았다. 아동시와 동요는 반동적 사상과 이론의 희생양이 되었다. 1973년 11월 9일 『인민일보』에는 동요를 작곡한 여성 지식인 청년 양번홍楊本紅의 이야기를 소개하면서 '새 동요新兒歌'의 창작이 화제로 떠올랐다. 이것은 4인방이 권력을 이용해 동요 창작을 반동적인 정치적 궤도로 끌어들이는 서막이었다. 1974년 8월 25일 『광명일보』는 '어린이와 청소년의 예술과 문학 창작에 관심을 기울여야 한다'는 논평을 게재하였다. 그리고 같은 면에 린뱌

오와 공자孔子를 비판한 북경 서북 초등학교의 홍위병이 쓴 시를 '혁명 동요'의 모범으로 공개적으로 표방하고 대대적인 홍보에 나섰다. 4인방은 시를 사용하여 정치적 목적을 달성하고 아동문학에까지 이를 이용했다.

이 당시의 동요는 공산당 지도자에 대한 무한한 충성과 혁명사업에 대한 열정, 정치노선과 군중대회 찬양 등으로 도배되었다. 〈소리높여 '동방홍'을 노래하자放聲高唱'東方紅'〉, 〈내가 사랑하는 북경의 천안문我愛北京天門〉, 〈사회주의가 좋아요社會主義就是好〉 등의 동요에는 이러한 내용이 잘 나타나 있다. 이처럼 문화대혁명 10년 동안 활발하게 벌어진 '새 동요' 운동은 정치운동에 호응한 도구로 전락하였다. 전국 각지의 신문과 잡지에는 새 동요가 넘쳐났지만 가식적이고 공허한 정치구호로 가득하여 예술성은 전혀 찾아볼 수 없었다. 〈소리 높여 '동방홍'을 노래하자〉의 가사를 살펴보면 이러한 모습이 잘 드러난다.

> 푸른 하늘에 떠가는 말달리는 구름
>
> 천안문 광장까지 우리의 노래가 닿게 해주세요.
>
> 공산당의 밝은 빛이 초원을 밝히네요.
>
> 마오 주석과 우리 마음은 하나랍니다.

마오쩌둥에 대한 개인숭배는 1940년대 연안 때부터 시작되었고, 그 절정은 바로 문화대혁명 시기에 다다랐다. 주로 태양·햇빛의 의미를 통해 위대한 지도자에 대한 열정과 찬사를 표현하였다. 아동문학뿐 아니라 이 시기에 출판된 모든 간행물과 팸플릿은 마오쩌둥 주석의 어록과 그를 찬양하는 글로 가득 찼다. 1966년 6월 『소년선봉』에 실린 5학년 아이의 「마오 주석 말씀에서 빛이 나네」라는 시에서도 이러한 분위기가 잘 나타나 있다.

작은 나무판을 들어 올리고
작은 못을 찾아
작은 망치로 두들겨
작은 명언판을 만들어요.
작은 분필을 들어서
주석님의 말씀을 적어
교실에 걸어두면
말씀이 환하게 빛날 거예요.
우리는 주석님을 따라 배우고
주석님의 사상을 이어받으며
혁명 정신을 키워
혁명의 좋은 후손이 되지요.

자연계에서 태양은 빛을 내고 자연 만물에 생명과 힘을 주기 때문에 새로운 생명과 밀접하게 연결되어 마오쩌둥을 상징하는 단어가 되었다. 그리고 공산혁명을 상징하는 붉은 깃발, 마오쩌둥이 태어난 소산韶山과 마오쩌둥이 사는 북경, 공산당 정권을 대표하는 상징물인 천안문 등을 동원한 시도 많이 등장하였다. 이러한 내용은 문화대혁명 시기에 나온 『우리는 새로운 혁명 세대我們是革命新一代』라는 시집에 실린 아동 작품들 속에도 잘 나타나 있다.

「공산당은 태양, 나는 꽃」

당은 태양, 나는 꽃,
태양이 빛을 비춰 내가 자라나지요.
붉은 꽃은 붉은 태양을 바라보며,
드넓은 천지에 깊이 뿌리를 내리지요.
마오 주석의 가르침이 비와 이슬이 되어 내리니,
뿌리는 깊고 잎은 무성해져 아침노을을 맞이하지요.

「풍년을 노래하네」

우리 조국은 얼마나 큰가,

조국에는 얼마나 많은 어린이들이 있는가!

태양을 향해 한 목소리로 노래하네,

마오주석을 따라 성큼성큼 걸어가자!

그러나 이러한 시들은 실질적인 내용은 전혀 없었고 그저 지도자와 영웅에 대한 일종의 무한한 존경과 숭배만 표현하고 있을 뿐이었다. 문화대혁명 기간에는 중국 공산당 중앙위원회와 국가의 회의마저도 찬사를 받았다. 당시의 이러한 정치노선과 대중운동은 성인들조차 완전히 이해하지 못했음에도 아이들은 공산당 최고 지도자에 대한 신뢰를 기반으로 이러한 상황을 받아들였다. 교육이 필요한 어린이들은 어른들도 이해하지 못하는 구호를 외칠 수밖에 없었다. 읽을 수 있는 아동문학이 아예 없었기 때문에 이러한 글귀만이 유일한 읽을거리가 되었다.

혁명 투쟁을 수행하기 위해 모든 학교와 대학이 문을 닫은 가운데 수백만의 젊은이들은 자신이 사는 도시나 마을의 오래된 건물과 절, 그리고 예술품 등을 마구 때려 부쉈다. 그리고 '학술적 권위'나 '낡은 부르주아적인 것'은 없어져야 한다고 비판하며 지식인, 학자, 예술가, 작가들을 끌어내렸다. 정치적 폭력이 난무한 문화대혁명의 물결 속에서 수많은 지식인들과 작가들은 시골로 쫓겨가 '5·7 간부학교'에서 노동을 하며 사상 개조 교육을 받았다. 이런

탓으로 아동의 시에도 대자보를 통한 폭력적인 비판과 비판대회를 옹호하며, '5·7 간부학교'를 미화한 시들도 많이 등장하였다.

이밖에도 프롤레타리아 계급인 노동자, 농민, 일반 병사를 찬양하는 시도 많았다. 이는 바로 중국 사회의 가장 밑바닥 계층인 이들을 가장 선진적인 계급으로 인식하였고 공산당은 이들의 지지로 권력을 장악했기 때문이었다. 이 때문에 그동안 아동 문예작품에서 보기 드물었던 농민과 농업, 해방군인을 제재로 한 시도 대거 등장하였다. 이 시들은 비판과 투쟁이라는 구호 아래 살기등등한 '혁명성'과 '전투성'을 드러내는 것 외에는 기본적으로 예술성이 결여되어 있었다.

이렇게 정치적으로 이용된 시들은 단편시나 장편시를 가리지 않고 모두 직설적인 언어를 사용하여 주제를 일률적으로 전면에 드러냈다. 예술적 표현 측면에서 보면 단조롭고 변화가 거의 없으며 사용 언어도 천편일률적이었다. 마치 구호와 같은 언어들이 규격화된 틀에서 찍혀 나와 이미지의 아름다움이나 최소한의 예술적 감수성도 담아내지 못했다.

4. 아동소설과 전업작가 하오란

문화대혁명 시기는 17년간의 '황금기'에 비하면 '불모지'여서 아동문학은 양적으로나 질적으로 그다지 성적이 좋지 않았다. 문학 양식 측면에서는 각 장르 간 비율의 불균형이 아주 심했다. 동화, 우화, 민담, 과학 문예는 고유한 특성으로 인해 계급투쟁과 연결되기 어려웠기에 거의 멸종되었고, 시는 예술성이 거의 결여된 정치운동의 도구로 전락했다. 이에 비해 17년 시기의 영향과 모범극의 영향으로 소설은 어느 정도 성과가 있었다. 주요 주제는 혁명과 전쟁의 시기에 어린이와 청소년의 삶을 반영하거나 새로운 중국의 어린이와 청소년의 정신, 그리고 영웅심을 담은 것이었다. 그러나 사인방의 좌익 노선과 '삼돌출' 이론에서 벗어날 수는 없었다. 어떤 제재의 작품이든지 모든 작품은 계급투쟁을 주제로 삼아야 했고 영웅적인 인물에 초점을 맞추어야 했다.

이 시기의 아동소설은 크게 세 유형으로 구분할 수 있다.

첫째, 정치사조와 공산당의 문예 창작 이론의 격식에 따른 정치경향이 두드러졌지만, 예술적 성취도 어느 정도 인정받은 작품이다. 이러한 유형의 작품으로는 양샤오의 『홍위』, 쉬잉의 『향양원 이야기』가 대표적이다. 『향양원 이야기』를 쓴 작가는 민간문학과 전통 소설의 영향을 받아 글쓰기가 섬세하고 언어가 유창하며 구성 또한 짜임새가 있고 어린이들의 흥미를 잘 반영하여 큰 관심을 끌었다. 이 소설은 방학을 이용하여 아이들이 도로공사를 돕는다는 이야기로 '레이펑을 따라 배우자學雷鋒運動'와 내용이 유사하다. 『홍위』는 문혁시기의 대표적인 소설로 비록 문혁시기 문예이론의 영향에서 벗어나지는 못했지만, 작가의 실제 경험이 어우러져 '삼돌출'에서 비켜나 오늘날에도 좋은 평가를 받고 있다.

둘째, 정치적 의도를 지나치게 드러내면서 예술적 수준이 열악해 아동문학적 가치를 부여하기 어려운 작품들이다. 그 대표적인 작품으로는 장편소설 『종소리鍾聲』와 중편소설인 스빙石冰의 「황금빛 아침햇살金色的朝暉」이 있다. 『종소리』는 위톈바이俞天白와 왕진위안王錦園이 집필하여 1976년 출간하였다. '교육혁명 찬양'을 주제로 한 이 소설은 한 해안가 도시의 중학교에서 벌어진 사건을 중심으로 소년 영웅이 당내 주자파와 벌이는 투쟁을 다루고 있다. 「황금빛 아침햇살」 역시 교육 현장에서 벌어진 일을 소재로 삼은 아동소설이다.

셋째, 작가 자신의 창작 및 예술적 열정이 녹아난 생활을 바탕으로 만들어져 아동의 사랑을 받은 작품으로 리신톈의 『반짝이는 붉은 별』이 대표적인 작품이다. 이 소설은 공산당의 후손 판둥쯔潘冬子가 순박하고 천진한 어린이에서 해방군 전사로 성장해나가는 과정을 그리고 있다. 판둥쯔는 악질 지주를 증오하면서 중국 공산당과 군대에 대해서는 깊은 애정을 가지고 어렵고 힘든 상황에서도 굴하지 않는 투쟁 정신으로 살아간다. 이 소설은 주인공인 판둥쯔가 자신의 경험과 중국 공산당의 교육, 그리고 혁명전사 선배들의 영향으로 올바른 혁명투사로 성장해 나가는 내용을 담고 있다.

소설은 1인칭 회상의 방법을 사용하고 있다. 신중국 탄생 이전 1934년부터 신중국이 세워진 1949년까지를 다룬 이 소설은 7살 어린이가 장성한 청년이 되는 이야기다. 내용은 악질지주를 향한 복수와 아버지를 찾는 두 줄기의 이야기로 전개된다. 소설은 아동의 관점에 근거하여 실제적으로 혁명전쟁의 어려운 생활을 반영하고 주인공의 격렬한 투쟁과 가혹한 환경에서 성숙해가는 성장을 잘 담아냈다. 주인공의 성장은 작가 본인의 경험과 중국 공산당의 교육 및 혁명 선배의 영향을 받아 이루어낸 것이다. 소설의 구성은 시간순에 따라 줄거리가 전개되는데 각 인물의 개성과 심리는 아동의 특성을 잘 반영하고 있으며 언어는 간결하고 소박하였다. 이러한 요소는 소설의 느낌을 잘 살려내어 독자들에게는 섬세한 느낌을 주어 크게 환영받았다. 이 작품은 영어, 프랑스어, 독일어, 일본어, 베트남어, 스페인어로도 번역되어 해외에도 소개되었을 뿐 아니라 중국 내 소수 민족언어로도 번역되었다.

이 시기 주목해야 할 아동소설 작가로는 하오란이 있다. 그는 문화대혁명기의 굴곡진 시대를 자신의 삶에 철저히 반영한 독특한 이력의 작가이다. 그는 어려서 광부로 일하는 아버지 밑에서 자랐으나 아버지가 돌아가신 뒤에는 외숙부 집에서 힘든 어린 시절을 보냈다. 하오란은 초등학교 3년과 서당에서 반년 동안 학습한 것이 전부일 정도로 제대로 교육을 받지 못한 아주 가난한 농촌 출신이었다. 14세라는 어린 나이에 중국 공산당 혁명의 기초조직인 아동단의 단장이 되었고 16세에 공산당에 입당한 열렬한 공산주의자이다.

하오란은 농촌에 깊이 들어가 평생 농민에 대한 이야기를 쓰고 충실히 그들을 대변하겠다는 굳은 의지로 북경 외곽 농촌에서 50년 동안 고된 생활을 하면서 창작을 했다. 아동문학 창작에 힘을 기울인 그가 쓴 아동소설은 80여편이나 된다. 1961년에 발표한 하오란의 첫 아동소설 『산동山洞』은 팔달령에 사는 농민과 농민 출신 운전기사가 들려주는 몇몇 아이들에 대한 이야기로 아이들에게 큰 인기가 있었다. 그리고 같은 해 『중국소년신문』에 룽룽榮榮이라는 아이의 이야기를 써서 엄청난 반향을 불러 일으켰다. 이로 인해 일부 학교에서는 '룽룽을 따라 배우자'라는 캠페인을 벌이기도 했다. 그가 쓴 아동소설 가운데 『푸른 연못翠泉』, 『칠월의 홰나무 향기七月槐花香』, 『환희의 바다歡樂的海』, 『꼬마 사냥꾼小獵手』 등은 문화대혁명 시기에 창작하였다.

하오란은 특히 자신의 경험이 배어있는 농촌 생활을 잘 묘사한

『칠월의 홰나무 향기』

『환희의 바다』

〈그림 5-4〉 하오란의 아동소설

작가로 알려져 있다. 그의 모든 작품은 농촌 아이들의 생활에서 취한 것이 대부분으로 그 속에는 민간 문예작품의 요소가 많이 녹아 있다. 하오란의 아동소설은 정서가 소박하고 진솔하며 대중적이면서, 언어에서는 향토적인 분위기가 물씬 난다. 문화대혁명 기간 동안 황폐했던 아동문학의 텃밭에서 하오란의 아동소설은 보기 드문 수확이었다.

하지만 하오란의 초기 작품은 기본적으로 새로운 사람의 새로운 사업에 대한 공허하고 표면화된 찬사로 뒤덮여 있다. 작가는 등장인물의 풍부하고 복잡한 내면보다는 단순하게 현실에 대한 찬양을 하고 있어서 그의 작품은 다소 거칠고, 도식적인 측면이 있다. 그러나 이는 문화대혁명 시기의 폭압적이고 정형화된 문예 정책과 연관되므로 작가 자신에게만 책임을 돌리기는 어렵다.

5. 『반짝이는 붉은 별』의 다양한 변모

『반짝이는 붉은 별』의 작가 리신텐은 빈한한 가정에서 태어나 시골에서 초등학교를 졸업한 후에 군대에 가서 문화와 사상교육을 받았다. 1953년부터 창작을 시작하여 그는 수많은 극본을 썼다. 『반짝이는 붉은 별』은 1972년 5월에 발간된 후 1974년 '팔일 영화제작소'에서 영화로 각색하여 그해 10월 국경절 전국에 개봉되면서 선풍적인 인기를 얻었다. 극본은 왕위안젠王願堅과 루주궈陸柱國가 참여하여 소설의 내용을 많이 각색한 공동 집체작품이다.

극본은 영화의 효과를 높이기 위해 전도의 수법을 사용하여 중년의 판둥쯔가 어린시절을 회상하는 형식으로 전개된다. 곧 중년의 판둥쯔는 화외음畫外音과 방백을 통해 시간의 변화를 나타내었고 어린 시절과 소년시절의 주인공은 화면에서 움직이는 모습으로 표현하였다. 극본은 이야기의 긴장감을 높이기 위해 모순적인 상황을 더 많이 설정하는 등 소설과는 많이 다르다. 이렇게 개작된 극본은 판둥쯔를 절대적인 주인공으로 만들어 진정한 영웅으로 설정하였다.

영화는 소설 속에 나타난 원한이 사무친 둥쯔의 진정한 배경과 성장의 의미를 없애버리고 출중한 어린 영웅을 부각하여 그를 칭송하고 있다. 이는 당시 유행하던 문예이론인 '삼돌출'의 창작 모델에 부합한 것으로써 시대를 초월하지 못한 한계를 지니고 있다. '판둥쯔를 따라 배워, 당의 충실한 아이가 되자'는 군중운동은 이 영화의 시대적 특징을 잘 나타내는 한 예이다. 이러한 한계에도 불구하고 〈반짝이는 붉은 별〉은 다른 극본과 비교해서 뛰어난 편이어서 당시 황량한 시대 분위기 속에서 귀중한 작품으로 평가되고 있다. 이 소설은 후에 1980년 개최된 '1954~1979 전국소년 어린이 문예창작상'에서 수상작에 오를 정도로 그 작품성을 인정받기도 했다.

〈반짝이는 붉은 별〉이 영화로 각색되어 전국적으로 개봉되자 큰 반향을 일으키면서 아동문학과 아동 영화 비평에도 작은 돌풍이 일어났다. 1975년에 인민 문학 출판사를 중심으로 영화와 소설 『반짝이는 붉은 별』에 대한 7종의 논평이 출판되었다. 그 중 대표적인 것으로는 인민 문학 출판사에서 발간한 『영화 예술에 화려하게 핀 새로운 꽃－『반짝이는 붉은 별』 논평집』과 상해인민 출사의 『반짝이는 붉은 별』에 대한 해설집을 들 수 있다. 이는 문화대혁명기 문학계에서 벌어진 특이한 현상으로 중국아동문학사에서도 극히 드문 일이었다.

〈그림 5-5〉〈반짝이는 붉은 별〉 영화 포스터

〈그림 5-6〉〈반짝이는 붉은 별〉 극본

1973년 여름, 우다웨이鄔大爲와 웨이바오궤이魏寶貴는 '팔일 영화 제작소'의 유명한 작곡가 푸겅천傅庚辰의 초대를 받아 영화 〈반짝이는 붉은 별〉의 주제곡 가사를 썼다. 영화 〈반짝이는 붉은 별〉의 개봉과 함께 영화에 삽입된 〈붉은 별이 내가 싸우러 가는 길을 비춰주네紅星照我去戰鬪와 〈산을 붉게 비추다映山紅〉 및 주제곡 〈붉은 별 노래紅星歌〉가 큰 인기를 얻었다. 주제곡의 가사는 다음과 같다.

> 붉은 별이 찬란하게 빛나네.
>
> 찬란한 붉은 별이 우리 마음을 따뜻하게 어루만지네.
>
> 붉은 별은 우리 노동자와 농민의 심장이며,
>
> 당의 밝은 빛은 만대까지 빛나네.

붉은 별은 긴 밤의 어둠을 몰아내고
추운 겨울에도 봄을 맞으러 빛나네.
투쟁 속 붉은 별이 방향을 일러주고,
붉은 별이 갈 길을 열어주며 빛나네.
붉은 별이 찬란하게 빛나네.
찬란한 붉은 별이 우리 마음을 따뜻하게 어루만지네.
마오 주석과 당을 따르면
반짝이는 붉은 별이 만대까지 이어지리.
마오 주석과 당을 따르면
반짝이는 붉은 별이 만대까지 이어지리.

1980년 〈붉은 별 노래〉는 제2회 전국 어린이 및 청소년 문학 예술 창작상의 1위를 수상했으며 초등학생을 위한 음악 교재에도 수록되었다. 또 피아노곡과 어린이 발레 무용극으로도 각색하여 공연되기도 하였다. 2007년에 소설 『반짝이는 붉은 별』은 호북湖北 아동 청소년 출판사에서 발간한 '중국 아동문학 백년 고전 시리즈'에 수록되어 중국에서 가장 인기 있는 소설 중 하나가 되었다. 소설에서 영화, 노래, 무용극에 이르는 『반짝이는 붉은 별』 현상은 중국아동문학사에서 주목할 만한 가치가 있다.

제6장

문화대혁명 이후1977~2000 신시기

1. 중국 아동문학의 새로운 개화

문화대혁명이 끝난 후 아동도서의 창작과 출판, 발행이 중요하게 부각되면서 아동문학은 눈부시게 발전하기 시작했다. 1978년 10월 강서 노산廬山에서는 전국 소년아동도서출판 좌담회를 열어 그동안 '좌익' 편향의 사조로 초래된 여러 문제를 해결할 방안을 논의하였다. 노산 회의에서는 아동도서 출판사, 아동도서 편집, 작품 창작, 도서의 질과 아동도서상 제도를 정비하고 검토하였다.

노산회의의 정신에 따라 기존의 중국 소년아동 출판사와 소년아동 출판사의 역량이 확대되었고 천진에는 신레이新蕾출판사가, 사천에는 소년아동출판사가 설립되었다. 뒤이어 대부분의 성과 시, 자치구에도 속속 소년아동도서 전문 출판사가 설립되었다. 이들 출판사들은 국내외 유명한 아동문학 작가의 작품을 모은 선집인 『상해아동문학선』1949~1979, 『중국 청년 신작가 단편소설집 총서』, 『아동문학 총서』 등을 발간하였다. 아동문학에 대한 전반적인 환경이 좋아지면서 그동안의 성과를 모으고 정리하는 활동도 활발해져 『작은 도서관 총서小圖書館叢書』, 『중국 아동문학 대계中國兒童文學大系』도 출간되었다.

문화대혁명이 끝나고 얼마 지나지 않아서 『아동문학』, 『소년문예』, 『아동시대』, 『어린이』의 아동 정기간행물도 복간되었다. 그리고 『조화朝花』, 『거인巨人』, 『동방소년東方少年』, 『작은 시냇물小溪流』, 『소년 아동 이야기 신문少年兒童故事報』, 『유아 이야기 대왕幼兒故事大王』 등의 새로운 간행물도 생겨났다. 1979년에는 유일한 아동문학 이론 잡지였던 『아동문학연구兒童文學研究』도 복간되었다. 1981년에는 소년아동 출판사가 『아동문학선간兒童文學選刊』을 창간하였는데 이는 당시 중국에서 제일 권위 있는 아동문학 잡지였다. 이후 2000년에는 『아동문학선간』과 『아동문학연구』를 합친 『중국 아동문학中國兒童文學』이 간행되었는데, 이 잡지는 중국 아동문학의 조류와 수준을 가늠하는 창구가 되었다.

1980년에 공청당 중앙위원회는 중국 여성연맹全國婦聯, 국가출판국國家出版局, 중국작가협회, 문화부, 교육부 등의 중앙 부서가 함께 '전국 아동문학 예술창작상全國少兒文藝創作評獎'을 공동 주최했다. 이는 1954~1979년간의 아동문학 창작 30년을 정리하고 4인방이 무너뜨린 아동문학 창작 및 출판의 복원을 촉진하여 아동문학이 발전할 수 있도록 하였다. 1980년에 북경에서 열린 이 시상식은 1945년 제1차 전국 소년아동문예 창작상 선정 이후 무려 35년

『신비한 마량』

『꼬마 병사 장가』

『소영통의 미래 여행』

〈그림 6-1〉 1980년 제2차 아동문예상 수상작

이 지난 다음에야 거행되었다. 여기에서 『마란꽃』, 『신비한 마량神祕馬良』, 『꼬마 병사 장가』, 『소영통의 미래 여행小靈通漫遊未來』 등의 작품이 선정되어 상을 받았다.

그리고 1980년에는 중국작가협회 아동문학위원회가, 1981년 2월에는 전국 소년아동 예술위원회가 만들어졌으며 문화부에는 전문적인 소년아동 문화예술부라는 기구도 생겼다. 20세기에 들어서면서는 전국적으로 영향력 있는 중국 아동문학 연구회1980, 전국 아동문학 교수연구회1984, 전국 유·초등교사 아동교수 연구회1984도 설립되었다.

그리고 우수한 아동문학 작품을 선정하여 시상하는 문학상도 생기기 시작했다. 먼저 1981년, 천보췌이는 자신의 사재를 털어 '아동문학 정원상兒童文學園丁獎'을 설립하였다. 이 협회에서는 전년도에 상해지역에 발표되거나 출판된 각종 아동문학 작품 수상작을 모은 『천보췌이 아동문학 작품집』을 발행하였다. 이후 2014년에는 '천보췌이 국제아동문학상陳伯吹國際兒童文學獎'으로 발전시켜 세계에서 아동문학에 탁월한 업적을 보인 아동문학 창작자와 아동문학 관련 인사들을 뽑아 표창하고 있다. 이 '천보췌이 국제아동문학상'은 민간이 주관하는 상으로써 국제시장의 요구도 반영할 수 있는 장점을 지니고 있다. 또한 '상해 국제 아동도서전中國上海國際童書展, CCBF'을 함께 개최하면서 중국 작품과 해외작품 가운데 '올해의 작품상'을 선정하여 시상하고 있다. 이 문학상은 아동도서출판업의 국제적인 통로로 활용되어 중국 국내를 비롯한 해외의 권위 있는 아동문학상 수상작들을 도서박람회를 통해 소비자에게 소개하는 역할도 겸하고 있다. 1986년에는 쑹칭링宋慶齡기금회와 중국 공산주의 청년단 중앙위원회 그리고 중국작가 협회가 공동으로 설립한 '쑹칭링 아동문학상'도 제정하였다. 이 상은 2~3년에 한 번씩 수상작을 선정하여 시상하였으나 이후 중국작가 협회와 합쳐지면서 사라졌다. 1988년에는 중국작가협회가 주관하며 3년마다 한 번씩 수상작을 뽑는 '전국 우수 아동문학상'도 생겼다. 이 상은 중국작가협회가 우수 아동문학 창작 촉진을 위해 설립한 상으로 현재 중국 최고영예의 문학대상 중 하나로 손꼽힌다. 3년에 한 번 소설, 아동문학, 시, 산문, 르뽀문학 5개 분야의 우수작품을 선정하여 상을 수여하고 있다.

이밖에도 세계화에 발맞추려는 노력으로 중국 아동문학계는 국제적 교류에도 적극적으로 참여하고 있다. 1986년 8월에는 국제 아동도서 협의회IBBY에 가입하였고 2000년 9월에는 국제 아동도서 연맹 중국분회CBBY 승인도 받았다. 이어 1994년에는 중국 출판종사자 협회를 설립하고 1998년에 이탈리아 볼로냐 아동도서전에도 참가하기에 이르렀다. 중국 아동문학계는 1980년대 이후로 아동문학의 주제 및 소재가 다양해졌고, 1990년대부터는 외국 아동문학에서 자양분도 많이 흡수하였다. 나아가 2000년대는 좀 더 자유로워진 사회 분위기와 환경으로 인하여 리얼리즘 위주에서 판타지 창작도 발전하면서 예술적 공간 및 상상의 세계가 넓어지고 있다.

대학에서도 아동문학 관련 연구가 활발해지면서 1979년 절강浙江사범대학에는 가장 먼저 아동문학 연구 과정을 만들어 석사생을 모집하였다. 이후 북경 사범대학을 비롯한 주요 사범대학에 아동문학 전공 과정이 속속 설치되었다. 아동문학 이론 영역도 80년대에 이르러서 왕성하게 발전하였다. 1982년에 쟝펑蔣風이 『아동문학 개론』을 출판하였고, 우치난吳其男, 왕취안건, 탕뤠이湯銳, 팡웨이핑方衛平, 주즈창朱自強, 쑨젠장孫建江, 반마班馬, 류쉬위안劉緒源, 진옌위金燕玉 등의 이론가가 등장하였다. 이들은 '아동성'과 '예술성'의 조합을 탐색하면서 '아동중심'에 집중하였다.

신시기 초기에는 빙신, 장톈이, 옌원징, 천보췌이 등의 원로작가가 적극적으로 아동문학 활동을 했다. 이후 1980년대에는 커안, 런다싱과 런다린, 거췌이린, 홍쉰타오洪汛濤, 정원광鄭文光, 진보, 장츄성 등의 장년 작가들이 아동문학 창작을 주도했다. 그리고 청년 작가들도 급속히 성장하여 선스시沈石溪, 차오원쉬안曺文軒, 장즈루張之路, 친원쥔秦文君, 천단옌陳丹燕, 자오빙보趙氷波, 반마, 메이즈한梅子涵, 딩아후丁阿虎 등이 새로이 등장했다.

『초가집』

『남학생 가리』

『제3군단』

〈그림 6-2〉 1990년대 아동 장편소설

새로운 아동문학은 1980년대에 본격적으로 나타났다. 이들은 중국 아동문학의 주제, 제재, 체제 면에서 문화대혁명의 어두움을 벗고 새로운 형식과 내용을 창조하려고 다방면에서 끊임없이 새로운 탐색을 하였다. 대표적인 작품으로는 차오원쉬안의 『오래된 성古堡』, 반마의 『물고기의 꿈魚幻』, 메이즈한의 『카페 이야기咖啡館紀事』 및 딩아후의 『뱀을 추도하며祭蛇』 등을 꼽을 수 있다. 1990년대에는 아동 장편소설인 차오원쉬안의 『초가집草房子』, 『산양은 천당풀을 먹지 않는다山羊不吃天堂草』, 『건냐오根鳥』와 친원쥔의 『남학생 가리男生賈裏』, 『여

학생 가메이女生賈梅』, 장즈루의 『제3군단第三軍團』, 반마의 『6학년 대탈출六年級大逃亡』 등이 등장하였다.

이처럼 중국 아동문학이 신시기에 부쩍 발전할 수 있었던 배경은 개혁개방 이후 중국사회가 시장경제 체제로 전환되면서 사회구조가 변화된 점과 시장경제와 함께 수반된 정보화와 세계화의 영향 때문이다. 1980년대는 중국 시장경제가 점점 발전하면서 교육에도 영향을 끼쳐 비교적 질 높은 아동문학과 과학, 자기계발 등의 도서가 출현했다. 1990년대에는 아동도서를 전문적으로 취급하는 출판사들이 현실적인 경제적 이익을 추구하고 각 아동전문 출판사들이 창조성을 중시하면서 환상문학, 유머문학으로도 그 경계가 넓어졌다. 이와 동시에 중국 아동문학의 세계가 점점 다양해지면서 전형적인 명작뿐 아니라 그림책이라는 새로운 영역의 아동문학 작품도 등장하였다.

이 가운데 주목할 만한 작가는 2016년 중국인 최초로 안데르센상을 받은 차오원쉬안이다. 안데르센상은 국제 아동도서협의회에서 주관하는 상으로 아동청소년도서의 노벨상이라 할 수 있다. 이 상은 단지 어느 한 작가의 책 한권을 평가하여 수여하지 않고 작가의 평생동안의 작업에 의미를 부여하여 수상자를 선정한다. 차오원쉬안은 북경대학 중문과 교수로 대중성과 예술성을 지닌 스타 작가이다. 그는 중국 작가협회의 전국 위원회 위원, 북경시

작가협회 이사, 북경 작가협회 부주석의 자리를 맡고 있기도 하다. 그는 『안녕 싱싱再見了, 我的星星』으로 중국작가협회 제1회1980~1985 아동문학상을, 『산양은 천국의 풀을 먹지 않는다』로 쑹칭링 문학상 금상을 수상하였다. 이 밖에도 『초가집』으로 빙신 문학대상과 국가도서상, 금계장 최우수 각본상金鷄獎最佳偏劇獎, 중국영화 화표상中國電影華表獎, 북경 문학 예술상 등 중국 국내에서만 약 50여 개의 상을 수상했다. 또 국제적으로는 안데르센상 외에도 테헤란 국제영화제 황금나비상, 1994년 타이완 『중국시보』中國時報에서 선정한 10대 우수 도서상을 거머쥐었고 작품 『딩딩 당당丁丁當當』은 2015년 국제아동도서협의회에서 선정한 장애어린이를 위한 뛰어난 도서 목록에 선정되기도 하였다. 차오원쉬안은 중국문학 연구라는 학술영역과 함께 아동소설과 극본, 그림책 분야에서도 왕성한 창작 활동을 벌이고 있다.

중국에서의 차오원쉬안에 대한 기대와 평가는 아주 높다. 이를 엿볼 수 있는 예로 「2016년 세계에 문화자신감을 보여준 중국인」이란 제목의 기사를 보면 잘 알 수 있다. 여기에는 안데르센상을 수상한 아동문학가 차오원쉬안과 오스카 평생공로상을 수상한 청룽成龍, 그리고 산세바스티안 국제영화제에서 황금조개상을 수상한 펑샤오캉馮小剛 등이 거론된다. 이 기사에서는 이들이 바로 세계 무대의 중심에서 '중국의 이야기'를 전한 중국문화의 대변인이며,

이들의 배후에는 '문화자신감'이 숨겨져 있다고 보도했다. '문화자신감'이란 2012년 중국공산당 제19차 전국대표 당대회에서 시진핑習近平이 "문화는 국가와 민족의 영혼이다. 문화가 흥하면 국운이 흥하고, 문화가 강하면 민족도 강하다. 고도의 '문화자신감'이 없으면 문화의 번영과 흥성도 없고, 곧 중화민족의 위대한 부흥도 없다"고 한 발언에서 나왔다.

차오원쉬안의 작품을 가장 먼저 소개한 나라는 우리나라이다. 2001년 새움출판사에서 『빨간 기와紅瓦』를 시작으로 뒤이어 2002년 일본에서 『초가집』을 번역하여 출간하였고, 이후 그의 여러 작품들이 13종의 언어로 50여 개 나라에 소개되기에 이르렀다. 2015년과 16년 중국의 '실크로드 서적 사업絲路書香工程'의 번역 부문에서는 차오원쉬안의 작품이 가장 높은 비율을 차지하고 있다. 『초가집』은 중국의 어문語文 교과서와 우리나라 중학교 국어 교과서에도 수록되어 있다.

차오원쉬안의 아동 청소년 소설의 주요 주제는 '성장'과 '고난'으로 요약할 수 있고, 대부분의 작품이 청소년과 성인의 과도기 단계에서 성인의 세계로 발돋움하는 인물의 성장과정을 그리고 있어서 대체로 성장소설의 형식을 띠고 있다. 차오원쉬안은 2002년 8월 대련大連에서 개최된 제6회 아시아 아동 청소년문학대회에서 발표한 「'성장소설'을 논하며論'成長小說'」로 중국의 아동청소년문학계에 성장소설의 개념을 인지하고 최초로 학계에 밝힌 장본인이기도 하다. 성장소설이 아동청소년 문학에만 국한되지는 않지만, 그는 성장소설을 아동청소년 문학의 영역에 끌어들여 보다 깊이 있는 아동청소년 문학이 창작될 수 있는 공간을 만들었다고 할 수 있다.

2. 시대적 변화와 발맞춘 아동시

이 시기 아동시의 내용은 역사적 회고와 반성, 그리고 프롤레타리아 혁명가나 선열을 그린 커안의 「나의 할아버지我的爺爺」, 류빈劉斌의 「천상의 노래天上的歌」, 그리고 새로운 시대가 왔음을 노래한 진보의 「제일행 시第一行詩」, 가오판高凡의 「우린 바로 여기에서 출발하네我們就從這裏出發」, 성예의 「여름 동생과 가을 고모夏弟弟和秋姑姑」가 많은 호응을 받았다. 하지만 당시 시단의 상황은 여전히 사상, 내용, 형식면에서 구속을 받고 있어서 진정한 아동시의 번영은 1978년 이후 제1차 전국 소년아동도서 출판공작회 좌담회 이후에야 가능해졌다. 소년아동 출판사는 『아동시』 총간을 창간하여 많은 시인들의 창작 열정을 불러일으켰다. 1983년부터는 『어린이』, 『착한 아이好兒童』, 『아동시대』의 잡지에 「10월 아동 시가회」 전문 코너가 생기면서 아동시 창작이 활발해졌다.

『착한 아이』

『아동시대』

〈그림 6-3〉 1980년대 아동잡지

이 코너에는 런룽룽의 「나쁜 사람이 되는 고충做壞人的苦惱」, 비궈잉畢國瑛의 「전학轉學」, 「졸업반 건물畢業班的樓」, 「남자아이의 고민男孩的苦惱」, 왕선王森의 「초원에서草坪上」, 쟝진청薑金城의 「새하얀 어화석雪白的魚化石」 톈디田地의 「들어올려라, 어머니의 깃발을!升起來啊,母親的旗」 같은 작품이 실렸다. 또 류상리劉上麗의 「남자친구와 친구男同學和同學」, 우웨이吳偉의 「일기 속 비밀日記裏的秘密」, 장톄수張鐵蘇의 「생각하는 법을 배우게 해주세요讓我學會去思考」 등도 실렸다.

이 당시 시단에서는 몽롱시朦朧詩에 대한 논쟁이 뜨거웠다. 문화대혁명 시기 정치적 압력의 틈새에서 형성된 모더니즘 의식이 중국의 현대화를 방해하는 동방 전제주의적 정치요소로 시각을 돌려 '몽롱시파'를 형성했다. 베이다오北島, 구청顧城, 수팅舒婷, 장허江河, 양롄楊煉, 망커芒克, 량사오빈梁小斌 등의 젊은 시인들은 자아의 영혼에서 출발하여 상징, 은유 등 현대시의 예술적 기교로 새로운 미학적 특징을 보이는 시를 창작했다. 이들의 시는 '난해하다'는 이유로 그 의의와 가치가 부정되기도 했으며, 장밍章明이 『시간詩刊』에 발표한 '사람을 답답하게 하는 몽롱'에서 몽롱시라는 이름이 생겼다. 몽롱시의 특징은 이미지화, 상징화, 입체화로 요약된다. 이때문에 아동시단에서도 이러한 일반 성인의 시와 같은 경향을 보이는 데 대한 이견이 나타나기도 했다.

어떤 이는 아동시의 성인시 경향은 아동시 창작의 질을 높이는 장애라고 주장했고, 어떤 이는 적극적으로 성인시와 비슷한 현상에 동조했다. 아동 시단에는 유아시를 쓴 왕안望安, 동화시 작가 메이즈梅志, 아이루艾路 등의 우수한 작가들이 등장했다. 특히 선아이핑申愛萍의 시집인 『낯선 아버지에게再給陌生的父親』가 전국 작가협회에서 수여하는 전국우수 아동문학상에 당선되기도 하였다. 또 톈샤오페이田曉菲, 옌니閻妮, 황윈전黃韻真, 런환任寰, 류멍린劉夢琳, 허나何娜, 양망梁芒, 궈쥔郭軍, 류쳰쳰劉倩倩, 위펑鬱奉 등의 소년 시인들도 등장하였다. 이들은 자신만의 독특한 심리적 감상과 예술 표현의 방식으로 아동시를 창작했다. 1984년 '중앙 방송'과 『동방소년』 편집부가 연합하여 『나는 사랑한다⋯我愛⋯』를 주제로 개최한 전국 시 경연대회가 열리면서 소년들의 시작 활동을 크게 고양시켰다. 소년 시인들은 열정적으로 자신들의 생활과 감정과 감수성을 시에 표현하였고 이들의 시에는 천진한 정서와 감동을 주는 언어들이 풍부했다.

1990년대 이후 시인들은 자연의 아름다움을 찬양하거나 아동의 현실 생활 묘사에 집중하기도 하였다. 톈디의 「열네살 사나이十四歲的男子漢」, 쉬루徐魯의 「16세와의 대화與十六歲對話」, 푸화칭蒲華清의 「남자 아이와 여자 아이의 귀엣말男孩女孩的悄悄話」은 새로운 시대의 아동 모습을 표현한 작품이다. 이 당시의 시에는 아동의 '내면'이 잘 표현되었는데, 당시 시대적 변화와 사회의 영향으로 일어나는 아동들의 새로운 생각과 걱정, 할 일 등의 제재가 반영되었다. 아동들의 독립적인 사고와 강렬한 시대의식을 드러낸 시가 눈에 띄게 증가하였다. 특히 비귀잉의 「나는 원한다我希望」, 「기념하기 위해, 더 나은 우리의 새로운 꿈을 위해爲了紀念, 更爲了我們新的夢想」, 마지시馬及時의 「붉은 팥紅豆」·「담장의 글씨牆上的字條」, 리샤오바이李少白의 「90년대 한 어린아이에게 바라는 마음의 소리希望90年代一個嬰兒的心聲」, 비웨이민薛衛民의 「청춘아, 안녕?青春, 你好」 등의 시에서 당시 청소년들의 전통적인 통제에 대한 반항과 독립의식을 엿볼 수 있다.

3. 새로운 창작 경향의 아동소설

이 시기 아동소설은 현실 생활을 깊고도 넓게 반영하면서 제재와 예술적 특징도 다양해졌다. 창작 방법 면에서는 리얼리즘이 발전하면서 앞장서서 서양의 문학과 중국 당대 성인문학을 거울삼아 일련의 새로운 창작 방법을 도입하였다. 곧 리얼리즘과 모더니즘이 결합된 작품들이 출현하였다. 문예사조 측면에서 아동소설은 '상흔傷痕소설'·'문제소설'·'신인소설'과 '탐색소설' 등의 과정을 거쳐야 했다. 이 시기 아동소설은 문혁시기의 '감추기'와 '속이기'의 비현실의 분위기를 타파하고 5·4신문화운동 시기의 리얼리즘 전통을 회복하고 고양시켰다.

1978년 제11회 중국공산당 중앙위원회 전체회의에서는 사상과 작가의 시야와 예술적 시각을 새롭게 개방하였다. 더불어 '반사反思문학'이라는 사조가 일어났다. 반사문학은 상흔문학 작가들처럼 고통의 역사와 개인의 감정을 직접 표현하지 않고, 고통을 삭힌 다음 다시 이를 회상함으로써 문혁이라는 역사적 재난에 대해 깊이있는 인식을 드러내는 형식이었다. 이들 작품의 공통 특색은 극좌 노선에 대한 폭로와 비판, 관료주의 반대, 사회와 역사적 비극의 제시, 비극적 인물의 운명 해부와 인물 성격 창조로 요약할 수 있다. 이러한 분위기 속에서 아동소설 작가들도 낡은 관념을 깨뜨리고 강한 리얼리즘 정신을 갖게 되었다. 왕안억의 『미래의 중대장은 누구인가?誰是未來的中隊長』, 뤄천성羅辰生의 『트랙터를 삼킨 이야기吃托拉機的故事』가 새롭게 등장한 문제소설에 해당한다. 이후 사회생활의 폐단과 학교생활의 많은 문제들이 아동소설로 들어오면서 츄쉰의 『삼색 볼펜三色圓珠筆』, 뤄천성의 『하얀 모가지白脖兒』, 류허우밍劉厚明의 『검은 화살黑箭』 등의 문제소설도 나타났다. 문제소설은 상흔소설의 연속인 동시에 더욱 깊이 제재를 개척하고 주제를 심화하면서 인물형상과 예술적 표현수법이 한층 성숙해졌다.

이후 사회주의 현대화 건설이라는 신국면으로 새로운 생활을 추구하고 지나간 역사를 회고하면서 독자와 평론가들은 80년대 시대를 반영하는 새로운 소년의 형상을 요구하게 되었다. 이에 창신강常新港의 『외로운 배獨船』, 『돌아오렴, 친구야回來吧, 小夥伴』, 차오원쉬안의 『안녕, 나의 별』, 류신우劉心武의 『난 결코 열 세 살이 두렵지 않아我可不怕十三歲』, 청웨이程偉의 『아이와 노인, 그리고 조각품孩子, 老人和雕塑』, 『하얀 탑白色的塔』, 천단옌의 『잠겨진 서랍上鎖的抽屜』, 『검은 머리黑發』 등의 우수한 아동소설이 선을 보이게 되었다. 이밖에도 리얼리즘의 서술기법을 사용하여 훨씬 신선하고 서정적이며 감각적이고 인상적인 작품들이 나타났다. 반마의 『물고기의 꿈』, 메이즈한의 『길 위에서走在路上』, 장즈루의 『고무지우개 대왕橡皮膏大王』, 천리陳麗의 『날다飛』, 진이밍金逸銘의 『달빛 속의 황야月光下的荒野』 등

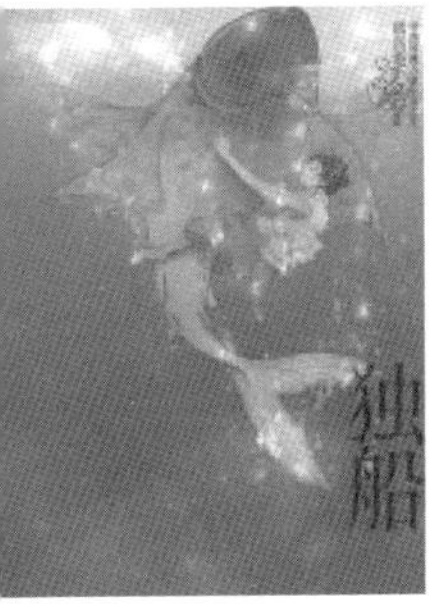

『외로운 배』

『길위에서』

『여학생 일기』

〈그림 6-4〉 1990년대 아동소설

은 대표적인 실험작품에 해당된다. 이들 작가들은 다양한 각도에서 풍부한 색채로 사회생활을 드러내고 새로운 시대의 아동정신을 보여주었다.

창신강은 우화 형식을 통해 인간 세상을 날카롭게 비판하는 작가로 정평이나 있으며, 특유의 풍자와 유머로 많은 독자들의 사랑을 받고 있다. 그는 중국작가협회 우수 아동문학상을 세 차례나 수상했으며, 좡중원 문학상莊重文文學獎, 쑹칭링 문학상 등 중국의 권위 있는 문학상을 휩쓸면서 작품성을 인정받았다. 그의 인간세태에 대한 풍자를 담은 동물 환상문학 작품들은 우리나라에도 소개되었다.

1990년대의 아동소설은 이전의 선구적이고 실험적인 분위기에서 벗어나 비교적 평온하고 차분한 색채를 보여주고 있다. 이 시기에는 장편소설이 급속하게 발달하기 시작하면서 아동소설의 성숙기를 암시하였다. 이 시기는 중국의 사회와 정치, 경제의 전환기로 모든 문학이 하락세를 보이면서 아동문학 역시 비교적 적

막하였으나 1995년 이후 아동소설은 점차 고조기에 들어섰다. 이 시기의 아동소설들은 다양한 소재를 다루고 있는데 아이들의 학교생활을 다룬 학원물이 가장 많이 발표되었다. 양훙잉楊紅櫻의 『여학생 일기女生日記』로부터 시작된 초등학교 학교생활을 배경으로 한 일련의 시리즈물이 인기를 끌어 아동문학계에 '양훙잉 붐'을 일으키기도 했다.

이 중에는 중학생 본인이 쓴 일기인 『화계·우계花季·雨季』라는 작품도 있었다. 평론계에서는 이들 작품에 대한 비판을 쏟아냈지만, 아동 독자들의 환호를 막을 수는 없었다. 또한 『치타 총서獵豹叢書』, 『부엉이 총서棒槌鳥叢書』, 『화계 소설총서花季小說叢書』, 『황금 코뿔소 총서金犀牛叢書』, 『청춘 자화상 총서自畫青春叢書』, 『공동 나무 어린이 장편소설 총서鴿子樹少兒長篇小說叢書』, 『녹나무 장편소설 총서紅辣樹長篇小說叢書』, 『대환상 문학 중국소설大幻想文學中國小說』, 『헝겊 호랑이 총서布老虎叢書』, 『황금 태양 총서金太陽叢書』, 『일곱색깔 풀 문학총서七色草文學叢書』 등의 시리즈 출판물도 대대적으로 나타났다.

그리고 동물을 제재로 한 우수한 작품들도 등장하였는데 선스시의 『일곱째 사냥개第七條獵狗』와 우러얼투烏熱爾圖의 『라오러와 사슴老熱和鹿』, 린진蘭瑾의 『빙하 위의 격전冰河上的激戰』, 류허우밍의 『아청의 거북이阿城的龜』, 리즈위李子玉의 『작은 섬에 세워진 눈비석小島上的雪牌』이 있다. 동물제재 소설 작가로는 선스시와 우러얼투를 대표적으로 꼽는다.

이 가운데 동물소설의 새로운 지평을 열었다는 평가를 받으며 동물소설의 대왕으로 불리는 작가인 선스시는 문화대혁명 기간에 운남성 서상반나西雙版納로 강제로 가게 되었다. 그곳에서 18년간을 지내면서 밀림지대에서 생활하는 각종 동물을 가까이에서 접하고 관찰했던 경험이 선스시 작품의 바탕이 되었다. 그는 동물들의 희노애락을 잘 이해하고 있기에 작품에 나타난 동물세계에 관한 묘사가 아주 생생하고 자연과 동물에 대한 사랑도 넘친다.

그는 1980년 장편소설인 『코끼리 떼가 출몰하는 계곡象群出沒的山谷』을 발표하며 문단에 등단했고, 1983년 단편소설 「노란여우라 불리던 퇴역 군견退役軍犬黃狐」으로 동물소설 작가로서의 명성을 얻었다. 그의 작품들 중에서도 1990년 이후 발표된 주요 작품인 『늑대왕의 꿈狼王夢』1990, 『해질녘暮色』1990, 『젖어머니가 된 붉은 양紅奶羊』1994, 『혼혈 승냥이 왕混血豺王』1996 등은 기존의 동물소설과는 다른 특징을 뚜렷이 보여주어 중국 동물소설의 새로운 지평을 열었다는 평가를 받고 있다. 선스시의 동물소설은 동물의 습성과 생태에 입각한 동물 주인공의 동물 세계 이야기이지만 인간사회를 되비추는 방식으로 서사화된다.

선스시의 동물소설은 1986년 중국작가협회에서 주관하는 제1회 전국 우수 아동문학상 수상을 시작으로 중국과 대만에서 여러 문학상을 수차례 수상하기도 했다. 그의 동물소설은 각 성의 초·중학교 교과서에 실리고 초등학생 필독도서로 선정되는 등 주요 독자를 아동 및 청소년으로 상정하고 있다. 유려하면서도 어렵지 않은 문체, 상상력을 자극하는 세밀한 묘사, 시구와 속어의 재치있는 활용은 선스시 동물소설이 가지고 있는 장점 중 하나이다. 그러면서도 소설 속 동물의 세계는 상당히 폭력적이고 그것을 묘사하는 방식 역시 사실적이다. 그의 동물소설에는 먹이사슬 관계에 놓인 동물들 간의 피비린내 나는 살육전, 적자생존과 약육강식의 법칙에 의해 도태되고 죽어가는 동물들이 냉정하고 생생하게 그려진다.

또한 1990년대 중후기에는 환상소설이 아동소설 가운데 특색있는 한 영역이 되어 21세기 출판사의 『대환상문학·중국 소설』이 그 창작의 성과로 나타났다. 1990년대 후반에는 인터넷 소설도 창작의 한 방식이 되었는데 대표적인 작품은 『꽃무늬 의상실花衣裳工作室』로 소설 창작방식과 현대기술이 시장과 긴밀하게 연결된 사례이다.

이 시기에는 아동소설은 새로운 전기를 만들어 다양한 예술형식을 추구하였고 빛나는 성과를 가져왔다. 그러나 시장경제 아래 작품 본연의 예술성취에 소홀하였고 대분분 작가들이 비교적 뛰어난 작가들의 단편소설의 구조를 사용하여 장편을 창작하는 문제를 노출하기도 했다.

4. 문학성과 환상성을 회복한 동화

문화대혁명 기간의 동화창작 공백기를 지나 이 시기에는 제자리를 잡는 회복의 단계였다. 이 단계에서는 저명한 작가들이 출현했는데 예성타오, 옌원징, 천보쵀이, 진진, 바오레이, 허이 등의 이름있는 작가들이 풍부한 창작경험을 바탕으로 신시기 동화창작의 신호탄을 쏘아올렸다.

신시기 동화의 변화와 발전은 당시의 중청년 작가들이 전통 통화에 대한 관념을 넘어서려고 노력했기 때문이었다. 이들은 에둘러 말하기와 기계적 해석, 그리고 교훈적 동화관념을 벗어나기 위해 노력하였다. 이들은 동화의 문학성을 강조하고 동화의 심미적 영향력을 중시하여 어린 독자들의 마음을 환기시키기 위해 애쓰면서 동화에 대한 다방면의 문학적 요구를 만족시키고자 하였다. 뿐만 아니라 이들은 새로운 관념과 사조를 받아들여 새로운 탐색을 시도하였다.

1980년대 이후에는 서로 다른 예술성을 띠고 다원화되면서 정완제鄭淵潔의 동화를 대표로 하는 '시끌벅적파'와 자오빙보의 동화를 대표로 하는 '서정파' 등 다양한 유파들도 생겨났다. 정완제, 저우루위周銳, 펑이彭懿, 거빙葛冰등 '시끌벅적파'는 아동의 놀이성을 존중하며 쾌락주의 동화창작을 원칙으로 하였다. 이들의 작품은 구속받지 않는 행위·인물·물체의 조합과 유머와 풍자 및 만화적, 희극적 혹은 황당한 표현방식을 사용하여 아동들에게 웃음을 선사하였다. '시끌벅적파'는 중국아동문학사에서 가장 먼저 출현한 유파로 기존의 동화의 내용과 형식을 모두 바꾸어 버렸다. '시끌벅적파'의 작가들은 문화대혁명 당시 시골로 강제로 보내졌던 지식인 청년들로 그들의 공통된 생활경험이 이 유파를 형성하게 한 기본적인 요인이 되었다. 이들은 전통교육의 폐해를 절감했기에 전통교육에 대한 반란을 꾀하였고, 아동의 주체적 지위를 회복하고 아동의 인격과 개성을 존중하고자 상상력과 유희정신을 중시하였다.

정완제의 동화는 자유분방한 상상력과 황당무계한 과장, 그리고 소란스러운 오락성으로 가득하다. 그의 『피피루皮皮魯』와 『루시시魯西西』 시리즈와 『열두 띠』 시리즈는 1980년대 아동문학에서 중요한 의미를 지닌다. 정완제는 『동화대왕童話大王』이라는 잡지를 만들기도 했는데 이는 1990년대 아동도서의 부흥에 큰 공헌을 하였다. 정완제 자신의 작품 만을 실은 이 잡지는 20여 년 가까이 발행되어 1988년에는 발행 부수가 백만 부를 넘기기도 했다. 이 때문에 『동화대왕』 잡지 발행 이후 아동도서가 엄청나게 쏟아져 나왔다.

저우루위 역시 '시끌벅적파'의 주요 작가로 단편 동화를 주로 썼다. 저우루이의 동화는 유머가 가장 큰 특색이다. 그의 작품 「삼림수기森林手記」, 「송 거리宋街」, 「미래 고고학 기록未來考古記」, 「붉은 얼굴과 하얀 얼굴紅臉和白臉」 등의 작품에는 예술적인 구상과 독특한 생각이 엿보인다.

'서정파'의 출현으로 말미암아 1980년대 동화창작은 균형을 이루게 되었다. '서정파'는 동화의 경지와 시적 정서, 철학적 도리가 자연스럽게 결합하여야 한다고 주장하였다. 그리고 문학은 사랑의 의식을 지녀야 한다는 생각을 바탕으로 삼아 아름답고 우아한 특징을 강조하였다. 뿐만 아니라 동화의 시화詩化 형식을 탐색하기도 하였는데, 이들의 탐색과 추구는 1980년대 중·후기의 중국 동화계의 예술탐색과 동화창작에 큰 영향을 미쳤다.

자오빙보冰波의 「바다는 동화를 꿈꾼다大海夢著一個童話」, 「한여름 밤의 꿈夏夜的夢」, 「창 밑의 작은 나무껍질 집窗下的樹皮小屋」, 「그네, 그네……秋千, 秋千……」는 서정동화의 대표적 작품이다. 그는 예술적 추구와 이야기성을 중요시하였으며 「달빛 아래 뚱뚱이 여우月光下的肚肚狼」라는 환상문학 작품을 쓰기도 했다. 빙보는 1990년대에도 서정적 창작노선을 유지하여 많은 작품을 창작했다. 이 가운데 그의 『꽃 등껍질 가진 작은 거북이花背小烏龜』는 작은 거북이가 꿈을 좇아 도시를 유랑하면서 물욕이 만연하여 인정이 메마른 현실을 마주한다. 거북이는 오만하고 이기적인 음악가 페르시안 고양이, 교활하고 냉혹한 무도장 주인 표범 등을 만난다. 여러 동물들을 만나고 나서 진정한 친구가 누구인지 깨달은 거북이는 선량지만 가난한 화가 라쿤에게 다시 돌아와서 자신의 갖가지 색채의 등껍질을 선물한다는 내용이다.

서정파의 또 다른 작가 진이밍의 서정동화는 이상적인 색채가 훨씬 강하다. 진이밍은 아름다움을 적극 추구하는 작가로 현실세계와 선명하게 대비되는 이상적 미적세계에 주력하여 서정시와 같은 분위기를 창조한다. 그의 『은하의 구슬銀河的水珠』은 별아이의 아름다운 영혼을 표현한 동화이다. 아름다운 밤하늘에서 별학교의 별아이들이 은하에서 뛰어논다. 한 총명한 별아이가 은하 속 이슬방울을 가져다가 몰래 지구의 선생님 눈에 집어넣고, 선생님들은 아이들의 마음을 잘 알 수 있게 된다. 그의 동화는 따뜻하고 아름다우며 부드럽게 작가의 이상과 아름다운 소망을 이야기한다. 또한 그는 소설과 동화를 결합한 시 형식을 탐색한 『달빛 속의 황야』, 『한 살박이의 외침一歲的吶喊』 등을 창작하기도 했다 장츄성도 예술적 신선함과 활력을 지닌 서정파 작가이다. 그는 아주 짧은 동화를 많이 썼는데. '작은 손바닥 동화'는 우수하면서도 사람들의 관심을 크게 받았다.

유아문학 방면에서도 1990년대에 들어서면서 예쥔野軍, 셰화謝華, 정춘화鄭春華, 우위궤이武玉桂, 장츄성, 런샤링任霞苓, 후롄좐胡蓮娟 등의 많은 작가가 배출되었다. 이들의 창작 성과로는 셰화의 『채색나무彩色的樹』, 정춘화의 『큰 머리 아들과 작은 머리 아빠大頭兒子和小頭爸爸』, 『앞

『괴상한 할아버지』

『닭털오리 』

『동화대왕』

〈그림 6-5〉 1990년대 유아문학 시리즈

치마를 두른 엄마圍裙媽媽』, 우위궤이의 『늑대 바바우大狼巴巴嗚』, 『네모진 얼굴과 둥근 얼굴方臉和圓臉』, 장츄성의 『99년의 번뇌와 1년의 쾌락九十九年煩惱和一年快樂』, 『벌레로 변해도 같이 있을거야變成小蟲子也要在一起』를 들 수 있다. 그리고 쑨유쥔孫幼軍의 『괴상한 할아버지 시리즈怪老頭系列』, 좡다웨이莊大偉의 『납작코 시리즈塌鼻子系列』, 저우루이의 『닭털오리 시리즈雞毛鴨系列』 등의 연속물 동화도 출현하였다.

쑨유쥔은 신시기 동화창작에 있어서 뚜렷한 성과를 나타낸 작가이다. 그는 1960년대부터 동화창작을 하려 예술적 특징이 잘 드러난 많은 작품을 선보였다. 쑨유쥔 동화의 제재는 어린이들의 일상생활에서 취하고 있으며, 환상으로 가득하다. 그는 기묘한 과장과 신비한 환상을 잘 조화시켜 풍자적인 효과를 나타냈다. 그의 동화는 설교와 훈계에서 벗어나 어린이들의 유치한 심리와 호기심, 환상을 잘 반영하였고 동화 속 인물의 성격이 잘 드러나도록 생동감 있으며, 소박하고 간결한 언어를 사용했다.

뿐만 아니라 쑨유쥔은 유아동화의 개념을 바꾸어 놓기도 했다. 그의 『시리후루 역경기唏哩呼嚕歷險記』, 『시리후루 의협기唏哩呼嚕行俠記』, 『샤오베이 유랑기小貝流浪記』 등은 장편 유아동화이다. 이같은 장편 유아동화는 작가 자신의 신념과 더불어 일본 유아 동화작가인 나카가와 리에코中川李枝子의 『싫어 싫어いやいやえん』의 영향이기도 하다. 아기 돼지 시리후리는 유아를 중심에 두고 유아의 세계를 잘 나타냈기 때문에 중국 유아동화에서 가장 성공한 예술 형상으로 평가받고 있다.

5. 아동극 · 드라마 · 만화영화의 변화

문화대혁명이 끝난 후 문예에 대한 제한이 풀리면서 아동극도 다시 살아나기 시작했다. 1981년부터 아동극이 급속하게 발전하여 29개 성에서 100여 개의 아동극이 공연되었다. 1980년대 말에 아동극 공연이 가장 활발하게 진행되었고 형식과 제재 모두 다양하였다. 1981년 11월 문화부 아동국과 중국 극연합회는 북경에서 전국소년아동극 창작 좌담회를 개최하였다. 회의의 주요 내용은 문예에 관한 지시를 철저하게 학습하고 새로운 아동극에 대한 예술에 관한 것이었다. 그리고 이들이 중심이 되어 '전국 아동극 학회' 설립 위원회를 구성하여 1982년 12월에 단체를 만들었다.

1981년 아동영화 제작소가 북경에서 설립되었는데 이는 세계에서 두 번째로 어린이만을 위한 전문 프로듀서였다. 1984년에는 중국 아동소년 영화학회, 1985년에는 중국아동 소년 영화상인 동우상童牛奬을 제정했다. 아동 드라마의 경우에는 1982년 쑹칭링 기금회가 제정한 아동문학상 속에 아동 드라마 극본상이 포함되어 1987년에 처음으로 수상작을 발표하였다. 입상작으로는 〈다시 찾은 세상尋找回來的世界〉, 〈민족해방의 어린 나팔수들一群小好漢〉, 〈좋은 아빠, 나쁜 아빠好爸爸壞爸爸〉, 〈영혼의 답안지心靈的答卷〉, 〈혜성彗星〉 등이 선정되었다.

그러나 1990년대에 들어서는 시장경제가 자리를 잡아가며 소비자의 취향이 다양해지면서 오히려 전통극과 연극은 감소하였다. 이 가운데 소비자의 호응을 받은 작품으로는 〈중학생 몽환곡中學生夢幻曲〉, 〈꽃다운 16세十六歲花季〉가 있다.

아동생활이 다원화되는 시대에 대중매체인 영화와 드라마 등이 아동의 생활에 중요한 위치를 점하게 되었다. 아동영화 역시 다원화의 추세에 접어들어 제재가 폭넓어지고 양식도 새로워졌으며, 표현 방법도 풍부해졌다. 여기에는 어린이들에게 어른들과 혁명 지도자들이 얼마나 자신의 생활을 사랑했는지, 어떤 삶을 살아

왔는지를 보여주는 영화도 나타났다. 〈오! 요람이여啊!搖籃〉는 연안의 보육원에서 생활하던 혁명가들의 자녀를 전쟁터에서 해방구로 데려가는 이야기다. 〈맑은 샘물 딩동泉水叮咚〉은 퇴직한 유치원 선생님인 타오 할머니가 돌봄이 필요한 아이들을 위해 무료로 유치원을 열고 이에 감동한 아이가 할머니를 샘물에 비유하는 글을 써서 바친다는 내용이다. 〈반짝이는 칼라볼閃光的彩球〉은 선생님이 병으로 학교에 나오지 못하자 그동안 말썽을 부리던 아이들이 서로 협력하여 컬러볼 성적 테스트에서 우수한 성적을 거둔다는 얘기다. 〈먀오먀오苗苗〉, 〈여명의 노래晨曲〉, 〈봄볕春暉〉 등도 인기가 있었는데 〈먀오먀오〉는 원래 운동선수가 되고 싶었던 먀오먀오가 교사로 배정을 받아 마뜩치 않았지만 온 정열을 쏟아 학생들을 가르친다는 내용을 담은 영화이다.

또 광활하고 아름다운 대자연 속에서 뛰노는 동물의 세계를 보여주는 영화도 출현했다. 이들 영화는 주로 수묵화 기법으로 대자연을 묘사하여 어린이들의 정서를 가꾸는 데 이바지했다. 이밖에도 운동, 무술 등을 소재로 하거나 아동들의 학교생활을 다룬 영화도 등장했다. 과학 환상영화도 있었으나 이는 아주 소수에 불과했다.

이 가운데 만화영화는 아동의 습관과 도덕의식을 기를 수 있는 기능도 가지고 있다. 중화인민공화국이 성립되기 이전의 만화영

〈철산공주〉

〈시끌벅적 화실〉

〈세 명의 중〉

〈그림 6-6〉 신시기 만화영화

화로는 26부작 〈불완전한 어린이 성향不完全少兒性〉이 있었다. 신중국 건국 후 만화영화는 그 대상을 아동으로 확실하게 설정하였다. 1926년부터 2000년에 이르는 기간 동안 제작한 만화영화는 약 600여 편에 이른다. 중국 만화영화는 1950년대 말부터 1960년대 중기와 1970년대 말부터 1980년대 중기를 발전 고조기로 보고 있다. 이후 1990년대는 침체기에 들어서면서 중국의 만화영화는 거대한 도전에 직면하였다.

중국 만화영화의 시조는 만씨萬氏 형제이다. 이들은 실제 인물과 함께 촬영하는 방식으로 1926년에 최초의 만화영화 〈시끌벅적 화실大鬧畫室〉을 제작하였다. 그리고 1941년에 역시 만씨 형제가 창작한 〈철산공주鐵扇公主〉도 큰 인기를 얻었다. 신중국 건립 이후 만화영화는 민족 예술성 찾기를 탐색하면서 1955년에 제작한 총천연색 만화영화 〈까마귀는 왜 검을까?烏鴉爲什麼是黑的〉가 1958년 이탈리아 볼로냐에서 열린 제7회 단편 전람회상을 받았다. 1960년에 제작한 수묵화 만화영화인 〈올챙이 엄마 찾기〉는 중국 특유의 붓과 먹의 정취로 표현한 아름다움을 드러내면서 1961년 스위스 로카르노에서 열린 제10회 국제영화제에서 네 부문의 상을 거머쥐었다. 〈목동牧童〉1964 역시 같은 정취로 1979년 덴마크 오덴세 국제동화영화제에서 금상을 받았다.

문화대혁명이 끝난 후 만화영화는 봄날을 맞이하게 되었다. 1979년에는 상상력이 풍부하고 민족적 정취가 물씬 풍기는 천연색 만화영화 〈바다를 어지럽힌 나지哪吒鬧海〉가 만들어졌다. 이 영화는 1983년 마닐라 국제영화제에서 특별상을 수상하였다. 단편 만화영화인 〈세 명의 중三個和尙〉도 비록 분량은 적지만 그 담긴 뜻이 심오하고 중국 전통 예술기법과 해외의 현대적 표현기법을 접목해 1983년 덴마크 오덴세에 열린 제4회 국제아동영화제에서 은상을 받았다.

〈바다를 어지럽힌 나자〉

〈서유기〉

〈보련등〉

〈그림 6-7〉 세계를 향해 나아가는 중국 만화영화

1980년대 말에서 1990년대에 이르는 기간에 중국 만화영화는 세계 만화영화계를 상대하는 시기로 진입하였다. 1988년 〈큰 머리 아들大頭兒子〉, 〈하이얼 형제海爾兄弟〉, 〈중국 전통 미담 이야기中華傳統美德故事〉가 제작되었고, 1999년에는 52부작으로 이루어진 〈서유기西遊記〉가 어린이날에 첫선을 보였다. 상해 미술 영화소에서 제작한 만화영화 〈보련등寶蓮燈〉은 건국 50주년 축하 작품으로 추천되기도 하였다. 이 영화는 중국 고대신화인 '벽산구모劈山救母' 이야기를 개작한 것으로 천샹沉香이 하늘의 계율을 어겨 벌을 받은 어머니를 구하는 내용이다. 〈보련등〉은 국제적인 선진 제작방식을 도입하여 명배우가 더빙을 하고, 유명한 화교 가수가 부른 주제곡을 삽입하여 시장에서 좋은 반응을 얻었다. 그러나 상업적으로 크게 성공을 거둔 다른 나라 작품들처럼 캐릭터 같은 후속 상품을 개발하는 단계까지에는 미치지 못하였다.

2000년 중국텔레비전 방송국에서는 〈달빛거리月亮街〉, 〈푸른 빛깔 쥐와 큰 얼굴 고양이藍皮鼠和大臉貓〉, 〈정신없는 꼬마 귀신小糊塗神〉, 〈멍청한 고양이阿笨貓〉의 4부작 국산 만화영화를 제작하였다.

중국 만화영화는 이처럼 발전을 거듭해 왔지만 그동안 시장 반향이 별로 크지 않았고, 대부분의 성인들에게는 외면당하고 있어서 아직까지 갈 길이 멀다고 할 수 있다. 그동안 중국 전통 만화영화 창작에는 두 가지 경향성이 있었다. 하나는 '만화영화는 아동들에게 보여주는 것'이라는 고정된 관념이다. 이 때문에 중국 만화영화의 표현과 창작대상은 아주 단순해서 오로지 아동의 세계, 그중에서도 특히 유아에게 집중함으로써 청소년과 성인의 수요에 부응하지 못했던 점을 약점으로 지적할 수 있다. 또 하나는 지나치게 교육적 색채가 짙다는 점을 들 수 있다. 중국 아동들이 자국의 만화영화를 그다지 좋아하지 않는 이유는 지나치게 교훈을 말하고 있어서이다. 앞으로 좋은 만화영화로 성공하기 위해서는 주제를 앞세우기보다는 오락성과 상상력, 창조성을 고려하는 자세가 필요한 대목이다.

참고문헌

권애영, 『중국 그림책의 출발-아동세계』, 소명출판, 2023.

김시준, 『中國當代文學思潮史研究』, 서울대 출판부, 2001.

金學主·李東鄕·金榮九, 『中國文學史·II』, 한국방송대 출판부, 1996.

김학주, 『중국문학사』, 신아사, 2001.

박종숙, 『중국현대문학사』, 한성문화, 2004.

원종찬·김영순·두전하·류티씽, 『동아시아 아동문학사』, 청동거울, 2017.

張公子·韓昌洙, 『現代中國論』, 한국방송대 출판부, 1987.

천스허, 노정은·박난영 역, 『중국 당대문학사』, 문학동네, 2008.

簡平, 『上海少年兒童報刊簡史』, 少年兒童出版社, 2010.

王泉根, 『王泉根論兒童文學』, 接力出版社, 2008

張永健 主編, 『20世紀中國兒童文學史』, 遼寧少年兒童出版社, 2006

蔣風 主編, 『中國兒童文學史』, 華東師範大學出版社, 2018.

________『中國現代兒童文學史』, 華北小年兒童出版社, 1986.

張香還, 『中國兒童文學史(現代部分)』, 浙江小年兒童出版社, 1988.

夏志清, 『中國現代小說史』, 複旦大學出版社, 2005.

洪子誠, 『中國當代文學史』, 北京大學出版社, 北京, 2006.

권애영, 「일제시기 중국어 번역본 『朝鮮現代童話集』(1936) 소고」, 『한국아동문학연구』, 2018.

_____, 「중국어 번역본 『朝鮮現代兒童故事集』(1936)의 가치와 작품에 나타난 식민지 어린이 형상」, 『한국학 연구』, 2019.

_____, 「1930년대 중국 아동소설에 나타난 프롤레타리아 아동의 형상」, 『동화와 번역』, 2021.

_____, 「신문화 운동 시기 중국의 안데르센 동화 번역 현황」, 『문화·경영·기술』 제1

호, 2021.

金震共,「文化大革命時期의 文藝 硏究」, 서울대 박사논문, 2000.

XI WEIWEI,「애니메이션에 반영된 국가의 고유문화 연구－아일랜드의 〈바다의 노래〉와 중국의 〈나의 붉은 고래〉를 중심으로」, 세종대 석사논문, 2018.

杜曉沫,「當代兒童文學的文化大革命十年－1966~1976文革兒童文學史研究」, 吉林大學博士論文, 2009.

桑 翔,「近代少兒報刊與啟蒙教育研究」,『報刊研究』, 2013.

石金倫,「戴著鐐銬的詩歌狂歡－文革時期兒童詩歌研究」, 東北師範大學碩士論文, 2012.

王泉根,「"文革"時期兒童文學的編年史記憶」,『學術界』第241期, 2018.6.

찾아보기

인명

저서 및 작품명

간행물명

단체 및 기타